CB045367

VIDA À VENDA

YUKIO MISHIMA

VIDA À VENDA

Tradução do japonês
Shintaro Hayashi

3ª edição

Estação Liberdade

Título original: *Inochi urimasu*
© Herdeiros de Yukio Mishima, 1968
© Editora Estação Liberdade, 2020
Todos os direitos reservados.

PREPARAÇÃO Mariana Echalar
REVISÃO Fábio Bonillo
SUPERVISÃO EDITORIAL Letícia Howes
EDITORA ASSISTENTE Caroline Fernandes
CAPA Mika Matsuzake
IMAGEM DE CAPA Escola de Kano, *Corvo em rochedo banhado por águas*, Japão, período Edo (1615-1868). The Metropolitan Museum of Art, coleção Howard Mansfield, aquisição, Rogers Fund, 1936.
EDIÇÃO DE ARTE Miguel Simon
EDITOR RESPONSÁVEL Angel Bojadsen

CIP-BRASIL. CATALOGAÇÃO NA PUBLICAÇÃO
SINDICATO NACIONAL DOS EDITORES DE LIVROS, RJ

M659v

　Mishima, Yukio, 1925-1970
　　Vida à venda / Yukio Mishima ; tradução Shintaro Hayashi. - São Paulo : Estação Liberdade, 2020.
　　256 p. ; 21 cm.

　　Tradução de: Inochi urimasu
　　ISBN 978-85-7448-314-6

　　1. Romance japonês. I. Hayashi, Shintaro. II. Título.

20-63573　　　　　　　　　　　　CDD: 895.63
　　　　　　　　　　　　　　　　CDU: 82-31(52)

Leandra Felix da Cruz Candido - Bibliotecária - CRB-7/6135
17/03/2020　26/03/2020

Nenhuma parte da obra pode ser reproduzida, adaptada, multiplicada ou divulgada de nenhuma forma (em particular por meios de reprografia ou processos digitais) sem autorização expressa da editora, e em virtude da legislação em vigor.

Esta publicação segue as normas do Acordo Ortográfico da Língua Portuguesa, Decreto nº 6.583, de 29 de setembro de 2008.

EDITORA ESTAÇÃO LIBERDADE LTDA.
Rua Dona Elisa, 116 | Barra Funda
01155-030 São Paulo – SP | Tel.: (11) 3660 3180
www.estacaoliberdade.com.br

命売ります

1

Hanio abriu os olhos. Pensou estar no paraíso, pois a luminosidade ali era intensa. Mas a forte dor na nuca persistia. Dor, no paraíso, não podia ser.

Viu em primeiro lugar uma janela grande, de vidro polido, despida de qualquer adorno. Tudo em volta era branco, muito branco.

— Parece que voltou a si — dizia alguém.

— Ótimo, consegui ajudá-lo. Vou me sentir bem o resto do dia.

Hanio ergueu os olhos. Uma enfermeira e um homem musculoso, em uniforme de socorrista, achavam-se ali, de pé.

— Não se mexa, não se mexa! Não force o corpo ainda! — a enfermeira o continha pelos ombros.

Hanio se deu conta de que a tentativa de suicídio malograra.

No último trem da noite, da Empresa Ferroviária Nacional, Hanio ingerira uma grande quantidade de sedativos — para ser exato, ingeriu as pílulas no bebedouro da estação. Embarcou em seguida no trem e se estendeu sobre os assentos do vagão vazio, e logo apagou.

Não tinha sido uma ação premeditada, pensada e repensada. A vontade de morrer lhe viera de súbito naquela tarde, enquanto lia o vespertino do dia na lanchonete onde costumava jantar.

"Funcionário espião no Ministério das Relações Exteriores; Batida policial em três locais, inclusive na Associação da Amizade Sino-Japonesa; Confirmada a transferência do secretário MacNamara; *Smog* toma conta da capital — primeiro alerta deste inverno; Requerida prisão perpétua para Aono, por 'crime hediondo', na explosão no aeroporto de Haneda; Caminhão cai sobre estrada de ferro e colide com trem de carga; Menina recebe transplante bem-sucedido de válvula aórtica de um morto; Assalto em agência bancária em Kagoshima — assaltante leva nove milhões de ienes." (Edição de 29 de novembro.)

Notícias diárias, rotineiras, sem muita novidade, mais pareciam carimbadas.
Nada daquilo lhe despertava interesse.
A ideia do suicídio lhe ocorrera de repente, da mesma forma como teria pensado em fazer um piquenique. Se insistissem em um motivo, não lhe restaria senão dizer que, precisamente, a ausência de motivo fora o motivo, que mais poderia dizer?
Pois não se tratava de desilusão amorosa. Hanio não era homem de se matar só por isso. Dinheiro não era problema no momento. Redigia por profissão textos de propaganda comercial. Como, por exemplo, aquele do remédio Sukkiri, para males do estômago, da Indústria Farmacêutica Goshiki, que produzira para a televisão:

"*Sukkiri* (Refrescante),
Hakkiri (Eficaz),
Korekkiri (Basta um pouco),
Nonda to omoeba moo naoru (Tomou, sarou)."

Se quisesse, poderia ser produtor independente, pois talento não lhe faltava, como todos reconheciam. Mas nem pensava nisso. Funcionário da Companhia Tokyo-Ad, recebia um salário condizente. Só isso já o satisfazia. E, sem dúvida, havia sido até ontem um empregado compenetrado e trabalhador.

Sim, é verdade. Pensando bem, "aquilo" o tinha conduzido a tentar o suicídio!

Estivera lendo com desleixo o vespertino daquele dia, e deixou a página interna escorregar aos poucos até ir parar debaixo da mesa.

Julgava tê-la visto caindo, como faria uma cobra indolente ao ver a própria pele escorregar do corpo e cair durante a muda. Lá pelas tantas, resolveu apanhar a folha do chão. Bem poderia deixá-la, mas decidiu apanhá-la, não sabia bem por quê — talvez pelas boas regras da conduta social, ou quem sabe por uma decisão muito mais séria — a de restaurar a ordem sobre a face da Terra.

Seja como for, curvou-se sob a pequena mesa instável e estendeu a mão.

E deu nesse momento com uma cena absurda.

Imóvel sobre a folha caída do jornal, havia uma barata. No instante em que aproximou a mão, o inseto lustroso cor de mogno disparou a correr com espantosa rapidez e se misturou às letras impressas do jornal, onde desapareceu em um instante.

Contudo, ele apanhou de qualquer modo a folha e a estendeu sobre a página que até então estivera lendo. Mas ao lançar os olhos sobre ela, viu as letras todas ali impressas se transformarem em baratas, que fugiram em debandada com as horripilantes costas lustrosas cor de mogno quando tentou lê-las.

— Ah, é assim que as coisas são neste mundo! — compreendera de repente. Com essa súbita compreensão, veio a vontade incontrolável de morrer.

Mas, espere, isso seria somente explicar por explicar.

Nada em sua mente estava definido. Fato é que, ao ver as letras se transformarem em baratas, sentira que não adiantava mais viver. Tanto bastou para que a ideia de "morrer" se amoldasse à sua cabeça, assim como o gorro branco de neve na caixa vermelha do correio em dias de inverno. E lá ficara, caindo-lhe até muito bem.

Possuído de uma estranha felicidade, passou pela farmácia e comprou pílulas sedativas, pensou ser um desperdício tomá-las imediatamente, foi ao cinema assistir a um programa de três filmes e saiu. Então se meteu em um bar de paquera que frequentava vez por outra.

A menina sentada ao seu lado, gordinha, obtusa em tudo, não lhe despertara interesse algum.

Dominou com dificuldade a vontade de lhe confessar:

— Sabe, estou para morrer daqui a pouco.

Pressionou um pouco o gordo cotovelo da menina com o seu. Ela lhe lançou um rápido olhar e se virou preguiçosamente sobre a cadeira, como se isso lhe exigisse um esforço danado. E sorriu — uma perfeita batata sorrindo.

— Boa noite — disse Hanio.

— Boa noite.

— Mas você é bonita, hein!

— Uh, hu, hu…

— Adivinhe o que vou lhe dizer agora.

— Uh, hu, hu…

— Aposto que não sabe.

— Alguma coisa eu sei.

— Pois esta noite, daqui a pouco, eu vou me matar.

Em vez de se assustar, a menina abriu uma bocarra e se pôs a rir. Jogou bem no fundo da boca escancarada um pedaço de lula seca, que mastigou sem parar enquanto ria. O cheiro de lula perseguiu o nariz de Hanio.

Um amigo chegou pouco depois. A menina ergueu espalhafatosamente a mão e se afastou sem ao menos um cumprimento.

Sozinho, Hanio deixou o bar, irritado além da conta pelo descrédito com que fora recebida a sua intenção de morrer.

Tinha ainda tempo de sobra, pois se ativera obstinadamente à decisão de morrer no "último trem". Assim, precisou gastar aquele tempo de alguma forma, e foi jogar *pachinko* em uma casa de jogos. As bolinhas de prêmio saíram sem parar. Sua vida estava para terminar, e as bolinhas vieram em profusão, uma após a outra. Brincadeira de mau gosto.

A hora do último trem havia chegado, finalmente.

Hanio cruzou o bloqueio da estação, foi até o bebedouro tomar os sedativos e embarcou.

2

Malograda a tentativa de suicídio, Hanio via abrir-se diante de si um mundo maravilhosamente livre, mas um tanto vazio.

Acudia-lhe a sensação de que a sequência dos dias, que julgara estender-se à eternidade, tinha sido de súbito truncada, e desse dia em diante tudo era possível. O hoje deixara de existir para sempre, os dias jaziam todos perfeitamente mortos, alinhando seus ventres brancos feito sapos sem vida. Lá estavam eles, bem à vista.

Demitiu-se da Companhia Tokyo-Ad que, próspera como se achava, até lhe pagara polpuda indenização. Isso lhe permitia viver sem preocupações.

Hanio mandou publicar em um jornal de terceira categoria o seguinte anúncio:

"Vendo minha vida. Use-a como quiser. Homem de 27 anos. Garanto sigilo. Tranquilidade absoluta."

Acrescentou o endereço do seu apartamento. E, na porta de entrada, pendurou um cartaz de formato elegante:

"VIDA À VENDA — HANIO YAMADA"

Ninguém apareceu no primeiro dia do anúncio. Hanio passava as horas vazias dos dias de um desempregado sem tédio. Assistia à televisão espichado na cama, ou se perdia em divagações.

Estivera completamente inconsciente durante o trajeto de ambulância até o pronto-socorro e, portanto, nem seria possível que se recordasse de algo. No entanto, por estranho que fosse, vinham-lhe à memória com toda a clareza os momentos que vivera dentro dela sempre que ouvia uma sirene. Estivera estendido em uma maca, roncando sonoramente. Recordava-se com nitidez do socorrista em roupa branca sentado ao seu lado. Ele o segurava por cima do cobertor para evitar que fosse ao chão com os solavancos da ambulância. O socorrista tinha uma verruga grande ao lado do nariz...

Seja como for, como era vazia essa nova vida! Vazia feito um quarto despido de mobília.

Mas na manhã do dia seguinte alguém bateu à porta.

Abriu-a, e lá estava um velhinho de baixa estatura, bem-vestido, que entrou atirando olhares de relance para trás e fechando rapidamente a porta com a mão nas costas.

— Senhor Hanio Yamada?

— Sim, sou eu.

— Li o seu anúncio no jornal.

— Tenha a bondade de entrar.

Hanio o conduziu a um recanto acarpetado de vermelho onde havia uma mesa preta, condizente com um profissional de design.

O ancião provocava com a língua dentro da boca um sibilo de cobra. Curvou-se com polidez e foi sentar-se em uma cadeira.

— Foi você quem pôs a vida à venda?

— Sim.

— Vejo que é jovem, e leva boa vida. Por que pensou nisso?

— Deixemos de lado as perguntas desnecessárias.

— Pois então... por quanto venderá a sua vida?

— Bem, depende. Quanto está disposto a pagar?

— Mas que irresponsabilidade! Ponha você mesmo o preço, trata-se da sua vida! E se eu lhe dissesse que pago cem ienes, o que faria?

— Se é o que quer, pode ser.

— Ora, não diga besteira!

O velho retirou do bolso uma carteira, extraiu dela cinco notas novíssimas de dez mil ienes, mostrando-as em leque como cartas de baralho.

Hanio recolheu os cinquenta mil ienes com indiferença.

— Pronto, diga tudo o que quer. Não vou recusar.

— Será mesmo?

O velhinho tirou do bolso uma caixa de cigarros com filtro.

— Estes não provocam câncer de pulmão. Quer provar um? Se bem que quem põe a vida à venda não tem medo de câncer, certo? — E continuou:

— O que eu quero é muito simples.

É a minha mulher, quero dizer, a minha terceira mulher. Ela tem vinte e três anos. Entre mim e ela há uma diferença de idade, precisamente, de meio século.

É uma mulher muito atraente. Tem os seios assim, voltados para fora, como dois pombos amuados. Os lábios são do mesmo jeito, voltados um para cima e outro para baixo, doces, indolentes, indiferentes um ao outro. E que corpo espetacular! Sem falar das pernas. A moda hoje em dia são pernas excessivamente magras e nervosas, mas as delas se afinam aos poucos, bem aos poucos, das coxas fornidas para os tornozelos, é simplesmente indescritível! E as nádegas então, belas, cheias, parecendo montículos de terra erguidos por toupeiras na primavera!

Essa mulher me deixou. Começou a perambular sozinha, e agora é amante de um oriental. Esse oriental é um malandro fora do comum. É dono de quatro restaurantes e já matou, se não me engano, dois ou três por disputa de terra.

O que lhe peço é que se aproxime da minha mulher, ganhe a intimidade dela, e deixe que o oriental descubra a traição. Nessa hora, ele irá matá-lo com certeza, e creio que a minha mulher também. O que me diz? Assim eu me livro da minha azia… É só isso. Você estaria disposto a morrer, da forma como acertamos?

— Sei… — Hanio ouviu a conversa toda com certo enfado. — É tudo muito romântico, mas daria certo? Creio que o seu desejo é se vingar da sua mulher. Suponha que ela sinta prazer em morrer, se fosse comigo. E então?

— Essa mulher não pertence à categoria daquelas que encontram prazer em morrer. Nesse ponto, ela é bem diferente de você. Ela quer viver, custe o que custar. Isso está escrito em todas as partes do seu corpo, feito reza.

— Como sabe disso?

— Você descobrirá também. Seja como for, o que quero é que você morra como acertamos. Você precisa de contrato?

— Isso não é necessário.

Pensativo, o velho começou outra vez a sibilar dentro da boca.

— Quer que eu faça algo por você, depois que morrer?

— Não, nada em particular. Não quero funeral nem túmulo. Uma coisa: sempre quis ter um gato siamês, mas nunca tive oportunidade por puro desleixo. Por isso gostaria que você criasse um em meu lugar, depois que eu morrer. Queria que lhe desse leite, mas não em um prato qualquer. Tenho em minha imagem algo como uma pá bem grande, é lá que o leite deve ser servido para o gato beber. Deixe-o tomar um gole ou dois, para começar, e, em seguida, bata com a pá no focinho dele. O gato ficará com a cabeça toda molhada de leite. Quero que faça isso todos os dias, pelo menos uma vez. Isso é muito importante, quero que não se esqueça.

— Não estou entendendo nada.

— É porque você vive em um mundo por demais regrado pelo bom senso. Veja, por exemplo, o pedido que me fez hoje. Não há nele um pingo de imaginação. E por falar nisso, se eu sair com vida, terei de lhe devolver esses cinquenta mil ienes?

— Não precisa. Mas se isso acontecer, quero que mate a minha mulher.

— Isso é assassinato por encomenda.

— Bem, até pode ser. Seja como for, basta que aquela mulher desapareça completamente deste mundo, mas não quero que isso me pese na consciência, por mínimo que seja. Não valeria a pena, depois de tudo que passei… Muito bem, parta para a ação imediatamente, a contar desta noite. Ressarcirei as despesas adicionais, basta que me apresente a conta de cada vez.

— Quer ação, mas aonde devo ir?

— Leve este mapa com você. Há um condomínio de alto padrão conhecido como Villa Borghese no alto desta ladeira. Procure ali o apartamento 865. Parece ser um apartamento muito luxuoso, no último andar, mas não sei quando a mulher se encontra lá. Essas coisas você investiga depois.

— O nome da sua esposa?

— Ruriko Kishi. Ruriko em *hiragana*, e Kishi como o primeiro-ministro — disse o velhinho, alegre como só ele.

3

O velhinho fechou a porta e saiu, mas logo retornou para dar o seguinte recado, aliás, bem próprio de um comprador de vida:

— Ah, já ia me esquecendo, é muito importante. Você não deve absolutamente mencionar a ninguém o seu cliente, e muito menos que agiu por encomenda. Posso confiar em sua ética comercial, já que pôs a sua vida à venda?

— Quanto a isso, não se preocupe.

— Não quer assinar um contrato comigo?

— Que tolice! Com um contrato como esse, nem seria necessário confessar que agi por encomenda.

— Lá isso é verdade.

A preocupação era tanta que o velhinho se enfiou novamente porta adentro, sibilando por causa da dentadura malfeita.

— Mas então como posso confiar em você?

— Ou você confia e confia para valer, ou desconfia e desconfia para valer, não há outro jeito. Por mim, comecei a acreditar na existência disso que o mundo conhece como confiança só pelo fato de você ter vindo até aqui para me pagar em dinheiro. Veja, meu senhor, pode ficar tranquilo porque, mesmo que eu diga que o mandante foi você, eu nem o conheço nem sei de onde veio.

— Bobagem. É claro que Ruriko vai lhe dizer.

— De fato, mas a mim, não me interessa.

— Bem. Conheci muitas pessoas nos meus longos anos de vida. Não me resta senão confiar em você. Se precisar de mais dinheiro, escreva no quadro de recados da entrada principal da estação Shinjuku qualquer coisa como: "Aguardo dinheiro.

Amanhã de manhã, oito horas. Vida." — E complementou:
— Costumo perambular todas as manhãs pelas lojas de departamento. É um tédio passar as horas enquanto elas não abrem. Se for pela manhã, quanto mais cedo melhor.

Hanio saiu junto com o velho quando ele se despediu.
— Aonde vai?
— À Villa Borghese, apartamento 865, aonde mais?
— Quanta pressa!

Hanio se lembrou de virar do outro lado o cartaz "Vida à venda", pendurado na porta.

No verso, havia outra inscrição:

"VENDA ESGOTADA NO MOMENTO"

4

A Villa Borghese, uma construção de cor branca que sobressaía na paisagem urbana desordenada, do alto da ladeira, era facilmente reconhecível, mesmo sem auxílio de mapa.

Hanio espiou a portaria, mas não havia ninguém, só cadeiras vazias. Assim, prosseguiu sem hesitar diretamente para os elevadores que viu ao fundo. Andava feito marionete suspensa por fios, sem vontade própria. Essa luminosa irresponsabilidade fazia dele um ser totalmente diverso daquele de antes da ideia do suicídio, foi o que pensou. A vida extravasava brandura.

Andando pelo corredor silencioso da manhã, no oitavo andar Hanio descobriu com facilidade a porta do apartamento 865. Apertou a campainha e escutou o som tilintante no interior.

Ninguém em casa?

Entretanto, sabia por intuição que ela com certeza estaria sozinha naquela hora da manhã. Era quando as amantes costumavam despachar os patrões e voltar a dormir.

Por isso, insistiu até perceber que finalmente alguém se aproximava da porta. Ela se entreabriu tanto quanto a corrente da trava de segurança permitia, e da fresta ele espiou o rosto assustado de uma mulher. Vestia roupão, mas não parecia que acabara de acordar. Os traços do rosto estavam perfeitamente sobrepostos, como que impressos com nitidez, os lábios, de fato, ligeiramente revirados, um para cima e outro para baixo.

— Quem é você?

— Sou da empresa Vida à Venda, e vim lhe oferecer o nosso seguro de vida.

— Mas que droga, chega de seguros de vida! Não preciso disso, tenho muita saúde!

Ela respondeu com rispidez, mas não fechou a porta. Pelo visto, algo lhe despertara interesse. Contudo, Hanio já enfiara o sapato pela fresta da porta com firmeza, à maneira de qualquer vendedor.

— Então não vou lhe pedir para contratar nosso seguro. Mas gostaria que pelo menos ouvisse o que tenho a dizer. É rápido.

— Não, o patrão não vai gostar. E, ainda por cima, estou deste jeito.

— Se é por causa disso, posso voltar daqui a vinte minutos.

— Bem… — a mulher pensou por um instante — vá visitar outro cliente enquanto isso. E toque a campainha de novo daqui a vinte minutos.

— Muito bem.

Hanio recuou o sapato, e a porta se fechou.

Esperou vinte minutos sentado no sofá instalado debaixo da janela no fundo do corredor. De onde se achava, podia contemplar a cidade iluminada pelo sol cintilante de inverno. A cidade estava claramente sendo corroída, era um ninho de formigas brancas. Sem dúvida, a turba conversava:

— Bom dia.

Ou:

— Como vai o serviço?

Ou então:

— A mulher vai bem? E os filhos?

Ou ainda:

— A situação internacional está ficando tensa, não?

Porém, ninguém percebia que palavras como essas haviam perdido todo o sentido.

Ele fumou três cigarros e foi bater novamente à porta.

Dessa vez ela se abriu de todo e surgiu a mulher, em vestido alaranjado, bem decotado.

— Entre, por favor — convidou. — Quer chá? Ou prefere uma bebida?

— Recepção especial para um vendedor ambulante?

— Você não é nenhum vendedor de seguros de vida, isso está claro. Logo percebi. Se quer fazer teatro, está bem, mas tem de representar melhor.

— Sim, senhora, entendi. Então vou lhe pedir um copo de cerveja.

Ruriko lhe atirou uma piscadela e sorriu. Cruzou vagarosamente a sala e sumiu para a cozinha, mostrando as nádegas volumosas demais para seu corpo delgado.

Pouco depois, estavam brindando com a cerveja.

— Quem é você, afinal de contas?

— Digamos que eu seja o entregador de leite.

— Não me faça de boba. Veio com certeza sabendo que aqui é um lugar perigoso…

— Não.

— Quem lhe pediu que viesse?

— Ninguém me pediu.

— Curioso. Quer dizer que apertou a campainha por acaso e achou uma garota glamorosa como eu à sua espera?

— Mais ou menos isso.

— Rapaz de sorte. Mas não temos petiscos. Cerveja e batatas fritas, assim pela manhã, cairiam bem? Ah, sim, acho que temos queijo.

Ela se levantou apressadamente e foi abrir a geladeira.

— Oh, está geladinho! — disse.

Voltou com um prato com algo escuro em cima de folhas de alface.

— Experimente.

Porém, coisa estranha, ela se pôs às suas costas.

Um objeto gelado estava sendo pressionado contra seu rosto, por trás. Hanio procurou vê-lo de soslaio e percebeu que se tratava de um revólver, mas não se assustou.

— Bem geladinho, não?

— É verdade. Guarda isso sempre na geladeira?

— Sim, não gosto de arma quente.

— É exigente.

— Você não tem medo?

— Por que teria?

— Quer me fazer de boba porque sou mulher. Está bem, vou lhe arrancar tudo que sabe, bem devagar. Vá tomando a sua cervejinha e aproveite para rezar também.

Por um momento, Ruriko afastou o revólver cuidadosamente, rodeou Hanio a distância e foi sentar-se em uma poltrona em frente. Conservava a arma apontada para ele. Hanio observou com interesse que a mão dela tremia, enquanto a sua, que segurava a cerveja, permanecia firme.

— Você sabe fingir muito bem. Não é japonês. Há quanto tempo está no Japão?

— Está louca? Sou japonês legítimo.

— Não minta. Você foi enviado pelo meu patrão, isso está claro. O seu nome real é Kim ou Li, ou coisa parecida.

— Posso lhe perguntar como pensou nisso?

— Quanta calma! Você não é mesmo um cidadão respeitável... Bem, não tem outro jeito senão lhe repetir tudo o que já sabe. Aquele homem é ciumento. Ontem mesmo ele desconfiou de mim por questões absurdas, e passei maus bocados. E então resolveu mandar um capanga para me vigiar. Não satisfeito em me vigiar de longe, teve o descaramento de enviá-lo para dentro deste apartamento para me seduzir e testar a minha reação. Mas não vai funcionar. Se der um passo na minha direção, eu atiro. Porque foi ele mesmo quem me deu este revólver, para me proteger. Ele quer que eu faça bom uso disto aqui, eu sei... Bem, pode ser que você tenha se metido nisso sem saber de nada. Foi você quem caiu numa armadilha... Nem sabe que foi escolhido para que eu o mate, para provar que sou fiel.

— Não diga! — Hanio ergueu as pálpebras sonolentas e observou a mulher, entediado. — Se vou ser morto de todo jeito, melhor seria depois de dormir com você. Se concordar, deixo que me mate depois, posso até jurar.

Ruriko estava cada vez mais nervosa. Aos olhos de Hanio, isso começava a saltar à vista, como se observasse um mapa de uma região montanhosa cheia de curvas de nível.

— Nada do que digo o apavora, não é? Você é, quem sabe, agente do ACS?

— Havia uma rede de tevê com esse nome?

— Não se faça de bobo. Você é do Asia Confidential Service.

— Estou cada vez mais perdido.

— Claro que é. Que burrice! Quase mato alguém e me torno prisioneira dele pelo resto da vida. Ele inventou uma trama romântica para me transformar para sempre na bonequinha dele. Quis em primeiro lugar que eu matasse alguém para provar a minha fidelidade e depois me criar como um animal até morrer. Mesmo porque ele é um dos cinco homens de todo o Japão que têm como esconder um assassino. Que horror! Vamos, se você é do ACS, diga logo de uma vez!

Ruriko se convenceu por si mesma e jogou o revólver sobre uma almofada ao seu lado.

— Se é agente do ACS, por que não diz logo? — repetiu.

Aborrecido, Hanio resolveu assumir o papel de homem do ACS.

— Então era com ele que você queria falar. Não sabia que a senha era "seguro de vida". Se era isso, bem que ele podia ter me avisado. Seja como for, a sua farsa foi péssima. Deve ser novato no ACS. Recebeu um treinamento de quantos meses?

— Seis.

— Ah, é pouco. E nesse tempo conseguiu aprender as línguas do Sudeste Asiático e até os dialetos chineses?

— Sim, mais ou menos — respondeu evasivamente, sem saber o que fazer.

— Mas é ousado. Meus cumprimentos!

Ruriko o elogiou com candura e lançou um olhar além do terraço. Havia no terraço uma cadeira de jardim branca, com a pintura descascada, e uma mesa de jardim do mesmo estilo em cujo tampo de vidro os resquícios da chuva do dia anterior tremulavam pelas bordas.

— E quantos quilos ele lhe pediu para transportar?

Quantos quilos de quê, Hanio não sabia, mas respondeu:

— Isso não posso dizer. — E bocejou.

— O ouro do Laos é barato. Em Tóquio, rende o dobro do preço do mercado de Vientiane. Da outra vez, os homens do ACS foram espertos. Dissolveram o ouro em água régia e trouxeram disfarçado em uma dúzia de garrafas de uísque escocês, para recuperar depois. É possível fazer uma coisa dessas?

— Eles exageram os problemas, mas é só papo. Eu, por exemplo, calço sapatos de ouro revestidos de couro de crocodilo que me gelam os pés.

— São esses os sapatos?

Sem disfarçar a curiosidade, Ruriko observou os pés de Hanio, mas não conseguiu descobrir nada que pesasse ou brilhasse como ouro, e acabou por dar a Hanio a oportunidade de espiar o vale profundo do seu colo, quando se curvou — um vale branco e empoeirado, criado pelos "seios amuados" que se detestavam, na expressão do velhinho, agora forçados de ambos os lados a se juntarem. Aparentemente, Ruriko tinha o hábito de aplicar pó de arroz entre eles. Beijar ali seria como enfiar o nariz em Siccarol[1], imaginou Hanio.

— Como é que vocês conseguem contrabandear armas americanas para o Japão, através do Laos? Passam por Hong Kong? Que trabalheira! Você encontra armas em abundância aqui perto, na base de Tachikawa!

Hanio não lhe deu atenção.

— Mas, então, quando é que o seu patrão vai voltar?

— Vai dar uma passada por aqui no almoço. Ele não lhe avisou?

— É que resolvi vir um pouco mais cedo. Vamos dormir juntos, até lá?

Hanio soltou um bocejo e tirou o paletó.

— Deve ter passado muitas noites sem dormir. Vou lhe ceder a cama do meu patrão.

— Para quê? Pode ser a sua cama.

Hanio agarrou Ruriko de repente pelo braço. Ela resistiu com violência, estendeu a mão e apanhou o revólver novamente.

— Seu idiota! Quer ser morto?

— Vou ser morto de qualquer forma, quer o seu marido volte ou não. Então não dá na mesma?

---

1. Talco infantil, utilizado para evitar assaduras.

— Para mim, não. Agora, eu posso matá-lo que continuarei viva. Mas se ele nos encontrar na cama quando voltar, nós dois seremos mortos.

— É uma conta simples. Então lhe pergunto: sabe como se lincham aqueles que matam sem motivo um agente do ACS?

Ruriko, empalidecida, fez que não com a cabeça.

— É assim. — Hanio se levantou e foi casualmente até uma estante, da qual apanhou uma das bonecas suíças em trajes típicos. Dobrou-a em dois para trás como se fosse lhe partir a coluna dorsal.

5

Hanio tirou as roupas e mergulhou na cama antes da mulher, imaginando distraidamente a sua tática. "Acima de tudo, prolongo o máximo que puder. Quanto mais, melhor. Com isso, aumentam as chances de o patrão entrar e me matar."

Ser assassinado em pleno ato, que bela forma de morrer, pensou. Desonrosa, se ele fosse velho, mas nada mais honroso para um jovem.

O ideal seria não saber de nada até o último instante, e despencar de uma vez do cume do êxtase para o abismo da morte. Sem dúvida alguma, a melhor morte.

Mas, no caso de Hanio, as coisas não se passariam desse modo, pois precisava se demorar pressentindo a morte, fazia parte do seu comércio. A qualquer outro, o terror e a ansiedade impediriam o prazer sexual, porém não a Hanio. A morte já se achava bem próxima, o vácuo até lá era uma bocarra escancarada. Ele conhecia bem esse vácuo, e, por isso, não representava nada para ele. Até chegar lá, restava deste lado o minuto a minuto da vida, que devia suportar e estender por tempo suficiente.

Ruriko se mostrava plenamente controlada. Havia entrecerrado a veneziana com desleixo, não fechara a cortina, e se despira sem pudor à luz azulada que causava a impressão de se estar em um aquário. A porta do banheiro, largada aberta, deixava entrevê-la com clareza diante do espelho, nua por completo, borrifando colônia nas axilas e passando perfume atrás das orelhas.

O traçado exuberante das costas às nádegas antecipava o prazer do abraço. Hanio começou a se excitar enquanto a observava, mas refletiu que isso não convinha.

Pouco depois, ela deu a volta ao redor da cama em passos graciosos e se enfiou mecanicamente nela.

Consciente de que a conversa não era apropriada para a cama, Hanio, porém, não conseguiu reprimir a curiosidade:

— Mas por que você deu a volta ao redor da cama?

— Faz parte do meu ritual. Os cachorros não costumam fazer assim, antes de dormir? É uma espécie de instinto.

— Espantoso!

— Vamos, não temos mais tempo. Pegue-me logo! — disse Ruriko languidamente, fechando os olhos e envolvendo com os braços o pescoço de Hanio.

Ele gastava tempo. Começava tentando, voltava para as preliminares, tentava outra vez e voltava de novo. Adotava a tática de excitá-la seguidamente para prolongar o tempo.

Entretanto, logo na primeira experiência, Hanio se surpreendeu. O corpo de Ruriko justificava a obsessão do velhinho, e quase levou a sua tática ao fracasso. Conteve-se a custo.

A questão era manter Ruriko extasiada a ponto de querer continuar aquilo que estavam fazendo, mesmo com o risco de morrer. Hanio lançou mão de toda a sua experiência. Precisava deixá-la aflita só de pensar na frustração se aquilo acabasse naquele instante, e excitá-la a mais não poder para fazê-la sentir a alegria de ver que, afinal, nada havia terminado, e tudo prosseguia para a sua felicidade. Hanio contava com a própria habilidade para distribuir com sabedoria as pequenas pausas. A pele inteira de Ruriko adquiria uma tonalidade rósea. Embora estirada na cama, ela se sentia solta no ar, como dava a perceber. Era uma prisioneira em lágrimas que tentava se agarrar ao facho de luz que vinha da claraboia da cela, e que volta e meia escorregava e caía.

Hanio mesclava investidas e pausas, não atingia a satisfação, pois se continha quando estava prestes a cair naquela misteriosa armadilha que havia em Ruriko, e que ele procurava testar. Portanto, outra coisa não lhe restava senão observar desapontado a parceira que galgava seu sonho degrau por degrau.

Nisso, Hanio ouviu a chave da porta girar cuidadosamente.

Ruriko nada percebia. Cerrando com força as pálpebras, sacudia o rosto ligeiramente suado de um lado para o outro.

"Chegou a hora!", pensou Hanio.

Até que enfim alguém viria abrir um pequeno túnel vermelho unindo as suas costas ao peito de Ruriko, com um revólver com silenciador ou algo assim.

A porta estava sendo fechada sem ruído. Havia mais alguém no quarto, sem dúvida. Mas nada acontecia.

Hanio não queria se dar ao trabalho de olhar para trás. Mas já que lhe davam tempo, bem poderia deixar tudo no pretérito. E se a morte lhe surpreendesse nessa hora, seria uma proeza. Não passaria a vida inteira à espera desse momento. Jogou-se na armadilha inebriante de Ruriko como se abocanhasse com prazer o fruto inesperado do acaso. Passadas as convulsões, porém, nada aconteceu. Em vista disso, Hanio se ergueu sobre o corpo de Ruriko feito uma cobra a levantar a cabeça.

Um homem gordo, de aspecto cômico, trajando um estranho paletó cor de damasco e tendo à cabeça um gorro, abria um enorme caderno de desenho sobre os joelhos e movia freneticamente um lápis.

— Oh, não se mexam, não se mexam! — disse ele com delicadeza, e se debruçou outra vez sobre o caderno.

Ruriko ouviu a voz e pulou de susto. Hanio se espantou com o terrível pavor estampado em seu rosto.

Ela puxou o lençol da cama de uma vez, com toda a força, envolveu-se nele e sentou-se. Hanio restou nu. Sentou-se assim como estava, relanceando olhares de soslaio ora para Ruriko, ora para o homem de meia-idade.

— Por que não atira logo? Por que não me mata de uma vez?

Ruriko gritou com voz esganiçada, logo transformada em voz de choro.

— Eu sei, vai me matar aos poucos, não é?

— Não faz barulho. Fica quieta — disse o homem num japonês capenga, ignorando completamente a presença de Hanio. Movia ainda o lápis, relutando em largá-lo. — O croqui está pronto. Acho que vai dar bom quadro. O movimento de vocês estava mesmo bonito. Despertou o meu instinto artístico. Por favor, fiquem quietos mais um pouco.

Hanio e Ruriko foram obrigados a manter silêncio.

6

— Pronto! — O homem fechou o caderno de desenho, tirou o gorro da cabeça e juntou-os sobre a mesa. Depois, aproximou-se deles com as mãos nos quadris, feito professor de escola primária.

— Vistam-se vocês dois. Senão vão ficar resfriados.

Meio desconcertado, Hanio começou a vestir as roupas largadas em desalinho, mas Ruriko se levantou ainda irritada e foi para o banheiro arrastando o lençol enrolado ao corpo, que se prendeu na porta. Estalando a língua de raiva, puxou o lençol com toda a força e fechou a porta violentamente.

— Vem cá. Quer tomar um trago? — perguntou o homem.

Sem ter o que fazer, Hanio voltou à cadeira onde estivera sentado quando bebera com Ruriko.

— Aquela mulher demora para se arrumar. Fica no banheiro uns trinta minutos, com certeza. Nem adianta esperar. Você toma um trago e depois vai para casa.

O homem tirou um Manhattan da geladeira, depositou com capricho as cerejas nas taças de coquetel e verteu a bebida sobre elas. As mãos gorduchas sugeriam infinita tolerância. Havia covinhas na base dos dedos.

— Está bem, não vou perguntar quem você é. Nem adianta, não é?

— Ruriko pensou que eu fosse agente do acs…

— Isso não interessa. O acs só existe na ficção, nas histórias em quadrinhos. Na verdade, sou muito pacífico. Nunca matei um inseto. Aquela menina é frígida. Por isso inventei uns truques para criar suspense, para ela sentir suspense.

Assim fica contente, mostra revólver de brinquedo pensando que é de verdade. Eu, pacifista de verdade. Acho importante todo o mundo se ajudar com comércio e negócios, com paz e amizade. Não gosto de machucar ninguém, nem no corpo, muito menos na alma. Isso é humanismo, mais importante que qualquer outra coisa. Não acha?

— Tem toda a razão — disse Hanio completamente surpreso.

— Aquela menina não sente nada por mim, homem pacífico. Ela gosta de suspense, gosta de histórias em quadrinhos, de ficção. Por isso faço teatro. Faz de conta que matei muita gente. Ponho ACS na cabeça dela e muitas outras coisas. Ela gosta. E assim perde frigidez. Por isso deixo presa na imaginação. Se tudo fosse verdade, polícia japonesa é forte, não? Não ia me deixar assim. Mas para fazer sexo, não é errado bancar chefão do mundo mau, não é mesmo?

— Entendi. Mas por que eu...

— Você não tem culpa. Você deixa Ruriko feliz. É bom também para mim. Não tenho queixa de você. Toma mais um trago. Depois, vai logo para casa. Melhor não vir aqui de novo. É problema eu começar sentir ciúme. Fiz um ótimo quadro do que vocês estavam fazendo, olha só!

O homem abriu o caderno de desenho.

Lá estava o esboço, nada amadorístico, daquilo a que o homem se referira como "movimento".

Mesmo aos olhos de Hanio, parecia curiosamente belo, puro, gracioso, que outra coisa não lembrava senão dois pequenos animais envolvidos em uma brincadeira. Decerto um belo "movimento" de seres humanos alegremente excitados, entregues a uma dança jovial e animada. O esboço não dava a perceber o lado consciente e calculista dos movimentos de Hanio.

— De fato, é um belo desenho — admitiu Hanio honestamente surpreso e devolveu o caderno.

— Não é mesmo? Homem, quando contente, fica mais belo que nunca. É a própria imagem da paz. Não quero atrapalhar isso. Está bom como está. Bom guardar como desenho… Agora, vai embora antes que Ruriko apareça.

O homem se levantou e estendeu a mão.

Hanio sentiu certa relutância em apertar aquela mão esponjosa, mas sentiu que estava na hora de sair e se ergueu.

— Bom, até logo — disse o homem, e foi até a porta.

Depois pôs a mão sobre o ombro de Hanio.

— Você é muito moço. Esquece o que fez hoje. O que viu aqui, este lugar, gente que encontrou hoje, tudo, está bem? Esquecendo, você ganha boa recordação. Isso que eu disse agora é presente para sua vida. Certo?

7

O homem se despediu de Hanio com palavras ponderadas, cheias de compreensão. Entretanto, ao sair do condomínio para a claridade externa, a experiência vivida naquela manhã começava a parecer uma absurda ilusão. Ele se julgava um niilista consumado. No entanto, sentia que os ensinamentos e as orientações daquele homem sagaz o transformaram de um simples rapaz em um ser adulto. Em suma, fora tratado como criança e poupado.

Caminhando pela cidade em pleno inverno, virou-se para ver se alguém o seguia. Não havia ninguém. Talvez também ele tivesse sido envolvido no suspense das histórias em quadrinhos. E não só ele, mas também o velhinho que lhe encomendara o serviço.

Havia ali perto uma nova lanchonete e Hanio entrou para descansar. Pediu café e cachorro-quente.

Quando a garçonete lhe trouxe o pedido, com a salsicha de aparência lustrosa, fresquinha, espiando do meio do pão, ao lado de um vidro de mostarda francesa, Hanio lhe perguntou casualmente:

— Você está livre hoje à noite?

Era uma menina magra, algo vítrea, desde a manhã maquiada para a noite. Seus lábios pareciam determinados a não sorrir a vida inteira.

— É de manhã ainda.

— Eu sei, por isso lhe perguntei se estaria livre à noite.

— Como posso saber o que vou fazer à noite, logo de manhã?

— Quer dizer, a um palmo do nariz, tudo é escuridão…

— Isso mesmo. Não faço ideia do que vai acontecer daqui a quinze minutos.

— Quinze minutos contadinhos?

— Ué, até a televisão faz uma pausa comercial de quinze em quinze minutos. A novidade vem depois. É o mesmo com a gente. — E afastou-se, rindo alto.

Ou seja, ele fora rejeitado.

Mas Hanio nem se incomodou. A menina tomava a televisão como modelo para a própria vida. Talvez porque assim tudo lhe fosse mais seguro, certo e tranquilo. Se em questão de quinze minutos o comercial viria com toda a certeza interromper o programa, para que então se preocupar com a noite?

Sem ter nada para fazer em casa, Hanio gastou tempo perambulando pelas redondezas, evitando tanto quanto possível gastar dinheiro.

Os cinquenta mil ienes estavam ainda em seu bolso. Talvez devesse devolvê-los ao velhinho.

Mas quando ele voltaria?

O velhinho continuava dono da sua vida até Hanio lhe prestar contas. Assim, por enquanto, era melhor conservar o cartaz "Venda esgotada no momento".

Hanio dormiu bem naquela noite. Na manhã seguinte, escutou passos de alguém que parou diante da sua porta e se retirou sem bater. Vira talvez o cartaz e se fora, após um momento de indecisão. Por um instante ocorreu a Hanio que pudesse ser um assassino enviado para matá-lo, mas logo abandonou a ideia. Pensando bem, ainda não se livrara da influência do falso suspense. Mirou-se no espelho da parede com uma careta enquanto aquecia o café da manhã.

No dia seguinte, Hanio constatou surpreso que se achava um tanto ansioso, aguardando a visita do velhinho. Queria encontrá-lo logo, para dar um jeito à sua vida. Fora ele quem a comprara, então deveria cuidar melhor da mercadoria adquirida. Não arredou os pés do apartamento o dia inteiro, temeroso de que o velhinho aparecesse durante sua ausência.

O sol do inverno se punha. O zelador se encarregava de distribuir o vespertino, enfiando-o por baixo da porta escura.

"Cadáver de uma bela mulher no rio Sumida.
Assassinato ou suicídio?
Cartão de visita no nome de 'Ruriko Kishi', sem endereço, encontrado em uma bolsa abandonada junto da ponte."

Reportava o jornal em linhas bizarras.

8

A visita do velhinho veio a calhar, no momento em que Hanio, aturdido, tomava ciência da morte de Ruriko pelo vespertino.

O velhinho entrou correndo no apartamento de Hanio, pulando e dançando.

— Pronto! Pronto! Ótimo trabalho! E você nem morreu! Que trabalho profissional! Obrigado! Obrigado!

Aquilo abalou os nervos de Hanio. Ele agarrou o velho pela gola.

— Saia já daqui! Tome, devolvo-lhe os cinquenta mil ienes, vá embora! — disse, enfiando o dinheiro no bolso dele. — Você comprou a minha vida com esse dinheiro, não tenho direito a ele se continuo vivo.

— Ei, ei, espere aí! Vamos conversar primeiro, é assim que se faz.

O velhinho reagia de forma enérgica, agitando os braços e as pernas, enquanto gritava, segurando a maçaneta da porta por dentro. Sem outro recurso, Hanio terminou por largá-lo, temendo atrair a atenção dos moradores do prédio. O velhinho se sentou no chão, ofegando ostensivamente e chiando entre os dentes. Foi em seguida engatinhando até uma cadeira e nela se aboletou, recompondo a autoridade.

— Nada de violência! Ainda mais contra um velho!

Depois, ao perceber o dinheiro em seu bolso, sacou-o irritado e largou-o sobre um cinzeiro. Hanio o observava, curioso por saber se o velhinho iria atear fogo no dinheiro com fósforo, mas ele não demonstrava tal intenção. As notas permaneciam completamente amarfanhadas no cinzeiro, abertas feito flores artificiais sujas.

— Não estranhe que eu me alegre. Moço como é, não será capaz de imaginar quanto Ruriko me humilhou e me fez sofrer. Ela mereceu a morte, como recompensa devida e natural. Mas você chegou a dormir com ela?

Hanio sentiu o sangue lhe subir à cabeça, mas baixou o olhar instintivamente.

— Acertei, não é? Dormiu? Hein? Mulher especial, não é mesmo? Se dormir uma vez com ela, passará a odiá-la. Porque fazer sexo com todas as outras só terá sabor de areia… Para dizer a verdade, fiquei velho e não pude mais fazer sexo com ela. Sendo assim, não houve jeito senão matá-la.

— Que lógica simplista! E você a matou por isso?

— Está brincando? Se eu pudesse matá-la, por que pediria a você? Quem a matou foi…

— Para começar, foi mesmo assassinato?

— Claro que foi!

— Não posso deixar de pensar que tudo isso não passa de uma mentira, que tudo aconteceu por uma sucessão de casualidades. Gostaria de voltar amanhã mesmo àquele apartamento…

— Tudo menos isso. A polícia estará lá, com certeza. É cair de propósito numa armadilha. Não, não mesmo.

— Lá isso é verdade.

Mesmo porque de nada adiantaria ir até lá. Fazer o quê, naquele quarto vazio, sem a presença daquele corpo resiliente? Só encontraria o revólver, esfriando na geladeira.

— Foi tudo muito estranho… — disse Hanio. Já calmo e recomposto, decidiu relatar ao velhinho a experiência toda por que passara.

Ele o escutava, sibilando entre os dentes. Levava nervosamente a mão cheia de nódoas ao nó da gravata, ou alisava de leve os cabelos escassos num gesto afetado, hábitos inconscientes dos tempos da mocidade. E, lançando o olhar além da janela, observava entre os telhados o salgueiro ressequido a se curvar ao vento frio da noite de inverno, à luz da janela — como se tateasse suas recordações de melancólicos prazeres.

— Mais estranho é por que não me assassinaram. Seria complicado se eu testemunhasse mais tarde.

— Nem isso você compreende? O homem estava, é claro, decidido a matar aquela mulher. Mas você era um estorvo. Entende? Provavelmente a mulher exauriu as energias dele também, a ponto de deixá-lo impotente. Então, se ele assassinasse vocês dois de uma vez, ele enviaria você e a mulher juntos para o outro mundo, fora do alcance dele. Por isso decidiu matá-la sozinha, para assegurar a sua propriedade exclusiva. E eu não tenho dúvida alguma de que essa decisão resultou da forma como você praticou o ato.

— Mas seria ele mesmo o assassino? Ele não me pareceu capaz disso.

— Você não enxerga. Aquele homem é o chefão de um sindicato de assassinos. Mesmo que você seja testemunha, ele já calculou tudo para não ser pego. Talvez até esteja a esta hora naquele mesmo quarto representando o papel do chorão que lamentará a morte de Ruriko pelo resto da vida. Mas assassinatos devem ser esquecidos o quanto antes. Esse crime entrará de qualquer maneira no rol dos misteriosos. Você não se intrometa, e faça o seu comércio… Bem, vou lhe deixar outros cinquenta mil ienes, para comemorar o sucesso.

O velhinho jogou outras cinco notas de dez mil ienes sobre o grande cinzeiro de vidro lapidado e se preparou para sair.

— Bem, acho que não teremos outra oportunidade de nos vermos… — disse Hanio.

— Assim espero. Ruriko não lhe disse nada a meu respeito?

Nesse ponto, Hanio respondeu mal-humorado:

— Sei lá. Talvez não tudo.

— O quê? — O velhinho mudou de cor. — Ela lhe disse quem eu sou, revelou o meu nome, por acaso?

—– Vai ver…

— Você quer me chantagear?

— Como posso chantageá-lo, se você não cometeu nenhum crime, sob o aspecto legal?

— Isso é verdade…

— Apenas tentamos mover juntos, só um pouquinho, uma perigosa engrenagem do mundo. O mundo, normalmente, nem se mexe só com isso. Mas se entrarmos nisso dispostos a morrer, até assassinatos podem de repente ocorrer para nos ajudar. Maravilhoso, não é mesmo?

— Que homem estranho você é. Parece uma máquina de venda automática.

— Isso mesmo. Basta enfiar uma moeda, e pronto. A máquina trabalha arriscando a própria vida.

— O homem consegue se robotizar a esse ponto?

— Iluminação espiritual, eu diria.

Hanio esboçou um sorriso irônico, que ao velhinho pareceu sinistro.

— Enfim, quanto você quer?

—– Se quiser mais, eu lhe pedirei. Por hoje, tenho o bastante.

O velhinho buscou apressadamente a porta, como se quisesse fugir dali o quanto antes.

— Esqueça o gato siamês. Eu estou vivo — lançou Hanio, às suas costas.

Depois, estendeu a mão para o cartaz do lado de fora da porta. Virou-o novamente para mostrar o aviso: "Vida à venda", e voltou para a sala bocejando.

9

Já morrera uma vez.

Era de se esperar que não fosse responsável por nada neste mundo ou que tivesse qualquer apego por ele.

Para Hanio, o mundo não passava de uma folha de jornal impressa em letras de barata.

Onde nisso se encaixava Ruriko?

Ela tinha sido encontrada morta, a polícia devia estar desesperada à procura do assassino. Hanio não fora visto por ninguém naquele condomínio, disso estava certo. Nem topara com ninguém, mesmo quando passou vinte minutos aguardando no corredor. Não havia indícios de ter sido seguido ao sair do condomínio até chegar ao apartamento. Em outras palavras, ele se diluíra no mundo feito fumaça. Não precisava se preocupar com a possibilidade de ser convocado como testemunha. Mas, quanto ao velhinho, esse risco existia. Ele poderia denunciar Hanio à polícia. Também isso não seria motivo de preocupação, jamais, jamais. Pois o velhinho se mostrara claramente apavorado com os encontros que teve com ele.

Sendo assim, o assassinato de Ruriko permaneceria sem solução afinal de contas, mesmo que tivesse sido Hanio o autor.

Nesse ponto das lucubrações, Hanio estremeceu.

Teria sido ele próprio, Hanio, quem matara Ruriko?

Nesse mundo onde tudo parecia irreal, teria assassinado Ruriko inconscientemente, quiçá hipnotizado por aquele estranho homem de gorro? Naquela noite, enquanto se encontrava em sono profundo?

Seria possível que seu anúncio de vida à venda tivesse terminado em assassinato?

Não, pura fantasia; ele não era responsável, não tinha nada a ver com aquilo.

A conexão entre ele e o mundo estava interrompida havia muito tempo.

Mas então o que eram aquelas recordações doces e insistentes de Ruriko? Provara um prazer peculiar da carne. Que significava aquilo?

Existiu mesmo uma mulher chamada Ruriko?

Hanio não queria mais continuar ruminando questões associadas a seu comércio.

O que faria aquela noite sozinho? Sua vida fora vendida por cem mil ienes. Podia até revendê-la.

Atividades ordinárias, como sair para beber, não lhe apeteciam. Lembrou-se então, casualmente, de apanhar do armário um rato de pelúcia, de cara engraçada, presente de uma menina que confeccionava artesanatos como aquele.

O focinho do rato, pontudo como o de uma raposa, tinha alguns pelos esparsos no nariz. Pequenas bolinhas pretas faziam os olhos, uma concepção corriqueira. Entretanto, haviam posto o rato em uma camisa de força. Ou seja, uma camisa branca e forte que tolhia por completo o movimento dos braços, solidamente cruzados. Trazia no peito a inscrição em inglês: "Cuidado, paciente violento."

Hanio entendia que a camisa não deixava o rato se mexer, e, por um raciocínio muito lógico, concluíra que aquela cara de rato ordinária e mundana vinha da loucura dele.

— Muito bem, senhor rato! — disse ele, sem obter resposta. Quem sabe sofresse de misantropia. Talvez fosse rato do interior, como o da história "Rato do interior e Rato de

Tóquio" que, trapaceado por um rato malandro da cidade, fora esmagado pela pressão da grande metrópole.

Perdido na desconfiança com que via o rato da cidade, preocupado demais com o problema e sem entender a natureza do rato, quiçá tivesse desenvolvido uma propensão à violência.

Hanio pensou em jantar sossegado com o rato.

Colocou-o sentado do outro lado da mesa, cobriu-o com um guardanapo sobre a camisa de força e deixou-o aguardando enquanto preparava o jantar. O rato demente esperou comportado.

Pensando em servir bem o rato, Hanio preparou um menu com queijo e um bife minúsculo, fácil de ser mastigado por dentes pontudos.

Preparou também o seu prato e colocou-os sobre a mesa.

— Aqui está, senhor rato, coma e não faça cerimônia — convidou.

Mas não houve resposta. Pelo jeito, o rato enlouquecido desenvolvera rejeição alimentar.

— Ei, por que não come? Não gostou da comida que lhe preparei com tanto esmero?

Nada de resposta.

— Já sei, você precisa de música para comer. Exigente, não? Bem, vou escolher algo suave, do seu agrado.

Levantou-se no meio da refeição e pôs no estéreo a "Catedral submersa", de Debussy.

O rato permanecia calado, sem tocar na comida.

— Sujeito esquisito. Você é rato, não precisa das mãos para comer.

Não houve resposta.

— Já que a comida que lhe preparei não lhe agrada, então faça como quiser!

Irritado, Hanio virou o prato com o bife pequeno contra a cara do rato.

Com o choque, o rato caiu da cadeira e foi ao chão com facilidade.

Hanio o agarrou.

— Ué, morreu? Morre assim com tanta facilidade? Não tem vergonha? Hein? Não vou lhe dar nenhum funeral, ouviu? Nem velório vai ter. Ratos devem morrer e apodrecer em seus ninhos sujos. Você não prestou para nada enquanto viveu e, agora que morreu, continua não servindo para nada.

Disse isso e jogou o rato morto de volta ao armário.

Enfiou na boca o minúsculo bife que o rato deixara de comer. Estava delicioso, parecia bombom de carne.

— Se alguém me visse, julgaria tudo isso uma brincadeira sem graça de um solitário tentando se livrar da solidão. Mas é muito perigoso ter a solidão como inimiga. Faço questão de tê-la como amiga — refletiu Hanio, ouvindo Debussy.

Alguém bateu delicadamente à porta naquele instante.

10

Abrindo a porta, Hanio deparou-se com uma mulher de meia-idade nada atraente, com os cabelos repuxados num coque.

— Vim pelo anúncio do jornal.

— Ah, sim. Entre, por favor. Estou jantando, mas já termino.

— Desculpe.

A mulher entrou timidamente, distribuindo olhares pelo entorno.

Nada mais ousado que comprar a vida de um homem, e, no entanto, por que os clientes chegavam todos tão deploráveis?

A Hanio, que examinava a mulher de esguelha enquanto jantava, ela não parecia ser uma dona de casa comum. Da forma tosca como estava vestida, mais lembrava uma professora de inglês solteirona de algum curso vocacional de curta duração. Mulher que ostensivamente deixava de simular juventude diante de alunas na flor da idade para mostrar personalidade. De repente a mulher poderia ser mais jovem do que aparentava.

— Pala falar a verdade, passei em segredo pela sua porta todos os dias. E encontrei todos os dias o cartaz "Venda esgotada no momento". Não entendi. Se a sua vida está esgotada, você devia estar morto, não? Pensei que fosse encontrar o aviso hoje também, mas vim mesmo assim, noventa por cento conformada. Então vi que o cartaz tinha sido virado para mostrar a inscrição "Vida à venda", e me animei.

— É que já terminei o trabalho, sem qualquer problema. Vendi minha vida, mas continuei vivo, e aqui estou — disse

Hanio trazendo duas xícaras de café do jantar, para servi-lo também à mulher.

— E o que deseja?

— Bem, é muito chato dizer.

— Aqui não é necessário se preocupar.

— Mesmo assim, é chato.

A mulher ficou calada alguns minutos, depois arregalou os olhos em meia-lua para fixá-los diretamente em Hanio.

— Se você me vender a sua vida, é bem possível que desta vez não saia vivo. Não se importa?

11

Em face da indiferença de Hanio, a mulher, meio desconcertada, voltou a falar, dando à voz rouca um tom ameaçador, enquanto estreitava os lábios para sorver aos poucos o café:

— Você vai morrer mesmo. Está bem?

— Ah, sim, tudo bem. Seja como for, me diga logo do que se trata.

— Então vou falar.

Sozinha na sala com um homem, a mulher tentou ajeitar a barra do vestido, quem sabe temendo ser atacada, muito embora seus quadris não possuíssem qualidades convidativas.

— Sabe, eu trabalho em uma pequena biblioteca, onde sou a responsável pelo empréstimo de livros. Nem me pergunte em qual, poupe o seu tempo. Saiba que em Tóquio há tantas bibliotecas quanto delegacias de polícia. Acontece que, vivendo sozinha, costumo comprar diversos vespertinos quando volto para casa. Leio todos eles de cabo a rabo, desde a coluna de conselhos, os anúncios, a coluna de vagas de empregos, até a coluna de permuta e intercâmbio. No início, a coluna de correspondência me absorveu. Cheguei até a criar uma caixa postal e trocar cartas. Sei, entretanto, que encontros nunca dão certo, por isso deixava o relacionamento esquentar ao máximo e então cortava de vez a correspondência.

— E como sabe que "encontros nunca dão certo"? — perguntou Hanio, com crueldade.

— As pessoas têm sonhos — respondeu a mulher com rispidez, virando o rosto. E prosseguiu:

— Você devia ouvir mais sem interromper com bobagens… Bem, o fato é que enjoei da brincadeira de fazer amigos por correspondência e comecei a procurar coisas muito mais excitantes. Acontece que elas parecem existir, mas não existem.

— Aí está. Entendeu por que eu pus o anúncio "Vida à venda"?

— Ouça as pessoas até o fim, já lhe disse! Por volta de fevereiro deste ano, ou seja, quase dez meses atrás, descobri um anúncio de "Procura-se livro": "Compro a obra *Guia ilustrado de besouros japoneses*, de Gentaro Yamawaki, editado em 1927. Pago duzentos mil ienes à vista pela edição completa. Contato: Correio Central, Caixa Postal 2778."

Belo preço, pensei. Dizem que obras antigas valem muito hoje em dia. Quem sabe é um livro raro, mesmo em sebos, e isso motivou o anúncio. Assim julguei por força da profissão, mas logo esqueci o assunto.

A biblioteca faz todos os anos em março, no fim do ano fiscal, uma reorganização completa. Livros empoeirados são retirados do depósito e renumerados… Enfim, uma trabalheira infernal. Entre as diversas centenas de livros meio destruídos classificados em ciências naturais, descobri uns dez sobre besouros. Mesmo em ciências naturais, muitos livros perdem completamente o valor, como sucede por exemplo em medicina e física, com novos tratamentos ou descobertas surgindo a toda hora. Em se tratando, porém, de besouros, isso seria improvável, pensei, e fui examinando um por um os volumes, limpando a poeira que havia neles. Então, por acaso, encontrei:

Guia ilustrado de besouros japoneses — Edição de 1927
Autor: Gentaro Yamawaki — Editora Yuryokudo

Recordei-me imediatamente daquele anúncio de "Procura-se livro", e me veio à cabeça uma ideia perversa. Isso nunca me aconteceu nos meus longos anos de trabalho na biblioteca.

12

Em resumo, eis o que a mulher contou em seguida:

Naturalmente, até então ela jamais cometera nenhuma improbidade, nem uma vez sequer.

Entretanto, naquele momento a cobiça estourou feito pipoca no fundo de sua alma, não pelos efeitos materiais bem concretos que a soma de duzentos mil ienes em dinheiro lhe proporcionaria, mas pelas roupas e artigos de luxo que lhe permitiriam "sobrepujar outras mulheres".

Instintivamente, ela enfiou o *Guia ilustrado de besouros japoneses* no meio do lixo de papéis usados ao seu lado e continuou trabalhando.

— Vou sair um pouquinho para jogar esta papelada fora — disse depois, e saiu para o corredor com a obra misturada ao lixo, pensando em extraí-la dali mais tarde e escondê-la em um local determinado.

Assim, se alguém descobrisse por acaso aquela edição com o carimbo da biblioteca, ela poderia desculpar-se, dizendo que a confundira com papéis usados e jogara fora.

Ao regressar ao seu apartamento naquela noite, abriu o *Guia ilustrado de besouros japoneses* com o coração aos pulos — como se fosse uma revista picante. Um odor de poeira se desprendeu das páginas.

De fato, o livro era curioso o bastante para explicar a procura por ele. Fora produzido talvez com propósitos artísticos, talvez por puro passatempo, não se podia dizer. A impressão era antiga, mas as ilustrações impressas em três cores eram muito bonitas. Exibia figuras diversas de besouros, com seus dorsos multicores, lustrosos e deslumbrantes, alinhados, tal como um anúncio colorido de acessórios. O nome científico e a procedência de cada besouro eram identificados em notas enumeradas em conformidade com as ilustrações.

O mais curioso era, porém, o critério de classificação. Em vez de científico, o índice mostrava:

Primeira Classe: Família dos Eróticos (Ordem dos Afrodisíacos, Ordem dos Tônicos)

Segunda Classe: Família dos Hipnóticos

Terceira Classe: Família dos Assassinos

Desprezando propositadamente o que havia na Primeira Classe, que ela teria preferido ler antes das demais, como prefeririam em geral as solteironas, ela prosseguiu examinando as outras classes, por um interesse bastante compreensível.

A Terceira Classe em particular continha em profusão marcas e traços sublinhados em vermelho, feitos sabe-se lá por quem. Dentre eles, na página 132, surgiu-lhe à vista:

"Borboleta-barbada
(Anthypna pectinata)"

Conferindo a nota, viu tratar-se de um besouro pequeno, de cor castanho-escura avermelhada, muito comum pelo aspecto. Possuía uma constrição entre o pescoço e o lombo, com uma protuberância em forma de escova adiante do grosso pescoço, no ponto onde nascia a primeira perna. Pareceu-lhe que já vira aquele besouro em algum lugar.

A nota explicativa dizia:

"Nativo de Honshu, arredores de Tóquio, costuma ajuntar-se em flores como rosa e flor de clerodendro.

"É um besouro que pode ser colecionado com relativa facilidade, mas possui não apenas propriedades hipnóticas, como também, em virtude disso, pode ser utilizado em suicídios induzidos, fato esse pouco conhecido. O inseto, ressequido e reduzido a pó, quando ingerido com o hipnótico cortical Bromisoval, produz um sono durante o qual é possível induzir quem o ingeriu ao suicídio de qualquer forma."

As explicações eram só essas.

Contudo, bastou lê-las para sentir instintivamente as intenções criminosas daqueles que procuravam o livro. Assim, raspou cuidadosamente com uma lâmina o carimbo da biblioteca estampado na primeira e na última páginas do livro e começou a escrever o rascunho da mensagem que enviaria à caixa postal indicada: "Possuo o livro que procura. Se ainda precisa dele, posso cedê-lo nas condições determinadas. Em troca, quero que me instruam sobre o local e a hora para a entrega do livro. Minha preferência é domingo."

E acrescentou a própria caixa postal à mensagem bastante simples.

A resposta chegou quatro dias depois.

Marcava encontro para o domingo seguinte. Até aí, tudo bem. Mas o local de encontro ficava em Chigasaki, a uma distância relativamente longa da estação Fujisawa. Anexado, havia um mapa mostrando uma casa identificada como "Nakajima", aparentemente uma mansão de veraneio.

A carta revelava diversos erros de grafia, os caracteres escritos em estranhos traços tortos. Até o nome dela fora grafado errado.

"Com certeza deve ser alguém muito esquisito", pensou.

Em uma tarde de domingo, muito límpida porém resfriada pelo vento de primavera, ela deixou a estação Fujisawa seguindo em direção ao mar, como o mapa indicava.

A um passo da via pavimentada, entrava-se por uma travessa arenosa, onde se viam muros de pedra de antigas mansões meio enterrados na areia. Uma borboleta amarela esvoaçava. Não havia sombra de gente em toda a área das mansões. Naqueles dias, muitas pessoas residiam ali e iam trabalhar em Tóquio, mas aquela área em particular, dominada pelo silêncio, parecia pertencer havia muito tempo às mansões de veraneio.

Entrando pelo portão onde se via a placa "Nakajima", uma longa trilha de areia se estendia até a casa, construída em estilo ocidental entre os pinheiros. O extenso jardim, no entanto, apresentava-se em desolação, assolado como estava pelo vento úmido do mar.

Pressionando a campainha, viu surgir um ocidental gordo de rosto avermelhado. Levou um susto. O estrangeiro, entretanto, disse-lhe em um japonês desagradavelmente perfeito:

— Muito obrigado pela carta. Estávamos aguardando. Tenha a bondade de entrar.

Usava uma vistosa camisa esportiva axadrezada. Outro estrangeiro a esperava na sala para onde foi conduzida, este magro como um louva-a-deus. Ele se ergueu de modo cortês da cadeira e a cumprimentou.

Viera pronta para fugir caso o ambiente fosse assustador. A sala, com cerca de doze tatames de área, estava guarnecida de um conjunto de sólidas cadeiras de vime em estilo americano instaladas diretamente sobre os tatames sem ao menos um tapete. Davam a impressão de que a residência ali era provisória. Sem nenhuma outra mobília relevante, o televisor desligado em um canto da parede destinado a objetos de arte, sem nada a exibir, mostrava apenas a face do tubo de raios catódicos azulada e escura como a superfície de um lago.

O *shoji*[2] permanecia aberto por completo. A porta envidraçada mal encaixada, contígua a um corredor sujo de areia, trepidava contínua e ruidosamente ao vento. Via-se que não estava trancada; ela poderia fugir de qualquer lugar.

O homem magro lhe ofereceu bebida, mas ela recusou. Em troca, trouxeram algo como limonada. Embora estivesse com muita sede, ela a deixou de lado, pois temia ser drogada, quando a negociação nem fora concluída.

O estrangeiro gordo, fluente em japonês, lhe ofereceu uma cadeira, mas depois permaneceu calado, sem lhe dirigir uma palavra — nem sobre o *Guia ilustrado de besouros japoneses*. Para chamar a atenção deles, pôs-se a remexer sobre os joelhos a sacola com o livro cuidadosamente acondicionado.

Mesmo assim, não houve reação.

Os dois homens conversavam murmurando algo em inglês sem lhe dar a mínima atenção. Embora não entendesse palavra dessa língua, percebeu que falavam de algo importante, pela expressão de seus rostos. Aos poucos, começou a ficar nervosa.

A campainha soou nesse instante.

— *Oh, may be Henry...*

O homem gordo apressou-se até a porta de entrada.

Um homem um tanto idoso, de rosto bem formado, em traje de passeio, surgiu precedido de um dachshund que mais parecia uma foca de orelhas caídas besuntada de óleo. Pela atitude dos outros dois, parecia ser talvez o chefe. Eles a

---

2. Porta corrediça usada em ambientes japoneses.

apresentaram com todo respeito a ele. O cachorro sacudia o traseiro desgraciosamente.

O homem, que parecia não entender japonês, pronunciou rapidamente algumas palavras amáveis em inglês. O gordo as traduziu:

— O senhor Henry lhe agradece muito por ter nos visitado conforme prometeu, e apresenta seus respeitos.

"Nada fiz para ser respeitada", pensou, mas ele já perguntava:

— Trouxe o livro, não?

Ela se alegrou. Enfim chegavam ao assunto principal.

Abriu o embrulho e lhe entregou o livro, pedindo ao estrangeiro gordo que servisse de intérprete para dizer:

— O dinheiro, *money*, entendeu? Não esqueça.

Nem lhe deram atenção. Acudiu-lhe então o receio de ser deixada sozinha, o que lhe provocou um nó na garganta.

O homem idoso folheava o livro sem parar, mas enrubescera de súbito, dando a perceber que estava satisfeito.

— Desculpe. Todos os exemplares que até hoje obtivemos vieram com umas trinta folhas arrancadas. Penso que a polícia as arrancou, naquela época. É a primeira vez que descobrimos um livro sem folhas arrancadas, e o senhor Henry, como pode ver, está satisfeitíssimo. Uma vez que constatamos isso, vamos efetuar o pagamento… Aqui está, são duzentos mil ienes. Queira conferir antes de guardá-los.

O homem gordo, mostrando as covinhas do rosto, lustroso e branco como um pote envernizado, entregou-lhe o dinheiro. O cachorro farejava as notas.

Tranquilizada após ter contado as vinte notas de dez mil ienes novas em folha, ela se levantou para sair dali o mais rápido possível, pois não queria permanecer muito tempo num lugar como aquele.

— Mas já vai? — disse o gordo. O magro também se ergueu, tentando retê-la.

— Veio de tão longe! Por que não janta conosco antes de ir com calma? Não quer?

— Não, não é necessário.

Aprontou-se para sair, desvencilhando-se.

Pressentira que algo ruim estava por acontecer.

De repente o gordo lhe sussurrou ao ouvido:

— Não quer ganhar outros quinhentos mil ienes?

— Como?

Ela estacou, duvidando do que ouvira.

13

A conversa começava a despertar o interesse de Hanio, atraído pela narrativa bem concatenada da mulher. Esse dom ela possuía em lugar do poder de sedução.

— Quanta generosidade! Você embolsou mais quinhentos mil ienes e saiu?

— Que absurdo, nem foi possível! Não quis ouvir mais nada, me livrei deles e saí. Pelo que sei, ninguém me seguiu. Fui quase correndo até a estação Fujisawa, cheguei lá ensopada de suor.

— E depois? Voltou outra vez à mansão?

— Quer saber?

— Foi convocada, de novo?

— Não. Mas aquilo me intrigou. Então, perto de julho, num domingo ensolarado e tedioso, fui lá para ver o que estava acontecendo. Percebi alguém na casa e toquei a campainha. Dessa vez, quem apareceu foi uma senhora japonesa. Desconcertada, eu perguntei: "O senhor Henry está?" A senhora me respondeu secamente: "Ah, é o cavalheiro estrangeiro. Aluguei temporariamente a casa a ele, foi na primavera passada, mais ou menos. Mas não faço ideia do que aconteceu depois." Então voltei para casa, deixando as coisas como estavam.

— Sei… Bem, a história não deixa de ser interessante, mas o que eu tenho a ver com tudo isso?

— Muita coisa, vamos aos poucos.

Ela lhe pediu um cigarro e o acendeu. Não havia nada de sedutor na ação, ao contrário, mais lembrava a esperteza de uma velha vendedora de loteria que, uma vez comprado o bilhete, pede um cigarro.

— Como nada aconteceu depois disso, conservei a caixa postal. Mas não houve nenhum contato da parte deles. Foi quando vi o seu anúncio "Vendo minha vida" que, de repente, me ocorreu que talvez eles quisessem me usar como cobaia com aqueles quinhentos mil ienes. É bem plausível, não acha? — E continuou: — Imaginei também que, se eles vissem o seu anúncio, certamente entrariam em contato com você.

— Não recebi nenhum contato dessa natureza. Para começar, bandidos de fora como esses já devem estar em Hong Kong ou Cingapura.

— Se forem do ACS — disse a mulher.

— Como? — Surpreso, Hanio duvidou do que ouvira.

14

Essa mulher conhece o ACS!

Aquele oriental lhe dissera que o ACS não passava de um *thriller* de história em quadrinhos. A Hanio, que estava começando a suspeitar do envolvimento da organização na morte de Ruriko, o comentário da mulher parecia interligar tudo em um só enredo. Veio-lhe a suspeita de que estava sendo usado como peça de xadrez pelo ACS, por causa do anúncio "Vendo minha vida" que publicara.

Por outro lado, era implausível que uma mulher, membro de uma organização engenhosa como aquela, fosse tão imprudente a ponto de deixar escapar o nome ACS. Pura ingenuidade com toda a certeza, como também a história da reunião com os estrangeiros em Chigasaki, sem dúvida uma descrição honesta do que a mulher presenciara.

— O que é ACS?

— Ué, não conhece? Asia Confidential Service, uma sociedade secreta que, segundo dizem, está envolvida com tráfico de drogas.

— Como sabe dessas coisas?

— Havia um estrangeiro contrabandista na biblioteca. Vinha assiduamente, todos os dias. Parecia um estudioso, por isso conquistou a nossa admiração. Mesmo porque era gentilíssimo, bonito, e se dizia professor da Universidade da Califórnia em Los Angeles. Vinha todos os dias, ao que parecia para estudar história japonesa. Até comentávamos entre nós que devia ser algum pesquisador renomado na área de sua especialidade.

Nisso, percebemos que um japonês talvez desempregado começou a frequentar a biblioteca, também com assiduidade. Sentava-se na cadeira ao lado do estrangeiro, na sala de leitura. Parecia que tinham se conhecido na biblioteca. Só pedia livros sobre história japonesa, como o estrangeiro. Tanto que as meninas, as minhas colegas de trabalho, comentavam: "Aquele homem é japonês, mas está aprendendo muitas coisas da história japonesa com um estrangeiro, que sabe mais do que ele. É, o mundo virou do avesso!"

Mas, de repente, nossa recepcionista se engraçou com o estrangeiro e até começou a falar em irem juntos a um café da vizinhança. O estrangeiro, muito prudente, pediu-lhe que viesse acompanhada. Aborrecida, a menina veio nos convidar. Não me animei muito, mas enfim resolvi acompanhá-la.

Isso aconteceu, se não me engano, por volta de maio do ano passado. Me lembro muito claramente do que aconteceu naquela tarde, porque me deixou impressionada demais. O estrangeiro, é claro, falava japonês com fluência. Fomos andando na direção da cidade, à sombra das árvores da bela alameda, sob o sol ainda luminoso daquelas horas após o fim do expediente. Conduzimos o estrangeiro ao café que costumávamos frequentar. Estávamos as três alegres, excitadas, disputando a conversa em voz um pouco alta.

Sentamos e continuamos a falar. Ele conversava bem. Dizia coisas como: "Tomar chá exótico em companhia de mulheres tão lindas como vocês me faz sentir como o xogum Tokugawa em visita a seu harém", e nos fazia rir. Esse comentário até poderia soar infame se fosse mal interpretado, mas, partindo de *mister* Dodwell, parecia ingênuo.

Enquanto conversávamos sobre assuntos diversos, Dodwell nos perguntou de repente, numa linguagem agradável (muito embora seu japonês pecasse por falta de sentimento, parecesse um pouco mecânico, girasse demais, feito máquina engraxada em excesso):

"As senhoras sabem o que é o ACS?"

"Deixe-me ver… Seria uma rede de televisão? Não do Japão, aqui não há nenhuma com esse nome. Seria americana?"

"Ou um fabricante de equipamentos para televisão, quem sabe?"

"Acho que deve ser uma associação agrícola internacional, ou algo do gênero. Agriculture Cooperative System, alguma coisa assim", disse uma das amigas, procurando demonstrar conhecimento. Não gostei dos seus modos afetados e lhe fiz cara feia.

O estrangeiro nos ouvia sorrindo, mas comentou:

"A última resposta chegou perto. Dizem que existe uma sociedade, internacional sim, mas secreta, que se chama Asia Confidential Service. Muito assustadora, e bem próxima de vocês."

Sentimos um calafrio, e ficamos em alerta.

Mister Dodwell prosseguiu:

"Vocês viram aquele japonês sentado ao meu lado, me fazendo perguntas sobre história. Aquilo me irritou, porque nunca encontrei numa biblioteca alguém tão perturbador como ele. E me fazia perguntas idiotas: 'Quantos filhos tinha Masashige Kusunoki.' Eu nem sabia direito, e respondi enfadado: 'Ah, dez.' O homem ficou alegre de repente. Depois, pensando bem, creio que por acaso acabei lhe respondendo com alguma senha correta.

Mais tarde, o homem, cauteloso, me veio — isso, se não me engano, antes de ontem — com uma pergunta velada, sem ir diretamente ao ponto: 'Então o senhor não pertence ao ACS?'

'O que é o ACS?', perguntei aparvalhado. 'Asia Confidential Service… Que sorte! Quase o matei por engano', disse com um sorriso malévolo, e rapidamente se foi.

Todo arrepiado, passei a mão pela nuca, instintivamente. Ele com certeza me julgava membro da organização."

"Que pavor! Por que não chamou logo a polícia?", perguntamos todas.

"Achei melhor não fazer muito alarde, podia ficar ainda pior." *Mister* Dodwell respondeu estreitando um pouco os lábios com um trejeito discreto.

Depois daquele dia, ele nunca mais apareceu na biblioteca. Mas a sigla ACS ficou na minha memória.

15

Ao ouvir a história até aquele ponto, Hanio comentou:

— Quem sabe esse homem, Dodwell, seja de fato membro da sociedade.

Disse aquilo não porque estivesse de alguma forma convencido.

— Então por que ele diria aquelas coisas?

— Suspeitou talvez que tinha sido descoberto fazendo contato na biblioteca, e quis ele mesmo checar.

— Será?

A mulher já havia perdido o interesse na conversa.

— Bem, vamos retomar o assunto principal.

— Muito bem. Já está na hora de lhe falar por que vim comprar a sua vida. Se aquele estrangeiro chamado Henry não fez contato com você, isso quer dizer que os quinhentos mil ienes que eles me ofereceram ainda estão disponíveis, certo? Desde o instante em que li o seu anúncio "Vendo minha vida", me convenci de que tinha encontrado alguém para testar a droga produzida pela tal borboleta-barbada. Olhe, só quero cem mil ienes, como informante. Que acha de me vender a sua vida por quatrocentos mil ienes? Se quiser, posso até enviar o dinheiro, com toda a responsabilidade, para alguém da sua família, antes que você morra.

— Eu não tenho parentes.

— Então o que vai fazer com o dinheiro da venda da sua vida?

— Quero que você compre com ele um animal de grande porte, difícil de criar. Por exemplo, um gorila, ou um crocodilo, algo assim. Desista de se casar, e viva com ele, a vida inteira. Mesmo porque acho que não encontrará melhor marido para você. Não ceda à tentação de vendê-lo como matéria-prima para a fabricação de bolsas. Alimente-o diariamente, leve-o para praticar exercícios, crie-o com dedicação e fidelidade… E lembre-se de mim sempre que vir o crocodilo.

— Você é de fato muito esquisito.

— Esquisita é você.

16

A resposta à nota redigida em texto simples — "Aceito realizar teste da poção por quinhentos mil ienes. Com um homem" — que a mulher enviara à caixa postal privada de Henry por correio expresso chegou rápido, indicando hora e dia do contato.

O encontro seria na noite de 3 de janeiro em um depósito situado no bairro dos depósitos de Shibaura.

Hanio, em companhia da mulher com quem marcara o encontro, conseguiu finalmente chegar ao quarteirão deserto, caminhando sob a gélida lua partida, quase varrida pelo vento, naquela fria noite de inverno. Bateu à porta do depósito, e na quinta batida a porta se abriu. Uma escada, que descia ao subsolo, dobrava diversas vezes até acabar num portão de ferro gelado.

Um bafo cálido atingiu-lhes o rosto quando o portão se abriu. O interior, bem aquecido por um condicionador de ar, era uma sala em estilo ocidental de cerca de doze tatames de área, forrada de tapete vermelho.

A sala tinha duas grandes janelas quadradas, dispostas lado a lado, que davam vista para um mar sujo. Uma montoeira de lixo e detritos de toda natureza infestava a água, onde não se via um único peixe. Bem perto da janela flutuava algo esbranquiçado, semelhante a um peixe morto, mas dava a impressão de se tratar de um feto humano. Hanio desviou depressa o olhar.

Contudo, a sala estava arrumada com conforto. Na lareira, uma lâmpada elétrica avermelhada iluminava difusamente a lenha artificial. Ao que parecia, lareiras que expeliam fumaça estavam sendo evitadas.

Três estrangeiros aguardavam a chegada deles. O estrangeiro meio idoso que segurava um dachshund pela correia devia ser Henry.

— Perguntaram-me da outra vez se eu queria outros quinhentos mil ienes, não é? — a mulher iniciou.

— Sim, perguntamos — respondeu em japonês um dos estrangeiros.

— Entendi que queriam saber se estaria disposta a servir de cobaia, para testar a droga.

— Entendeu bem. É isso mesmo.

— Por isso eu trouxe esta pessoa. Já comprei a vida dele, e quero que me entreguem já os quinhentos mil ienes.

Espantado, o estrangeiro conversou em inglês com Henry, e os três começaram a confabular à surdina.

— Mas ele não se importa, realmente, em morrer?

— Não — respondeu Hanio sem pestanejar. — Por que estão todos assustados? Vocês sabem muito bem que a vida é desprovida de sentido, e que o ser humano não passa de um boneco. Não deviam se assustar por causa disso.

— Concordo. Desde aquele dia, procuramos colecionar borboletas-barbadas de todo jeito. Produzimos a droga misturando-as ao hipnótico Bromisoval, e fizemos duas ou três pessoas ingerirem para testar. De fato, elas passaram a agir conforme a nossa vontade, como dizia o livro. Mas não tentamos ainda levá-las ao suicídio. Não temos certeza da reação do instinto de vida quando se submete um homem a essas condições. Se houver alguém disposto a morrer, então podemos fazer a experiência.

— Está bem. Me paguem os quinhentos mil ienes — disse a mulher.

Henry ordenou a um dos homens que trouxesse o dinheiro. Contou cinquenta notas de dez mil ienes, uma por uma, e entregou-as à mulher. Ela, por sua vez, extraiu dez notas e guardou-as na bolsa, entregando as restantes a Hanio.

Um revólver foi posto sobre a mesa.

— Está carregado e destravado. É só virar o cano para você e puxar o gatilho. Aí já era — disse um deles.

Hanio sentou-se em uma poltrona e ingeriu de um trago o pó que lhe foi dado com água.

Nada aconteceu.

Nem o pressentimento de que o mundo iria adquirir algum sentido dali em diante.

O besouro comum que voa de flor em flor, preguiçoso, que nada fez em sua vida senão sufocar-se enfiando o sórdido nariz no pólen, fora pulverizado e invadira seu corpo. Nem por isso o mundo havia se transformado em um jardim de flores.

De repente, a rígida expressão do rosto da solteirona diante de seus olhos surgiu-lhe nos mínimos detalhes. De cada sulco das rugas em torno de seus olhos, de cada poro da áspera pele de seu rosto, de cada fio de seus cabelos desalinhados irrompiam gritos ruidosos feito sino de carrilhão:

— Eu te amo!

— Eu te amo!

— Eu te amo!

Hanio, que nunca passara por isso, quis tapar o ouvido diante do transtorno e da barulheira que provocavam.

Onde achar o ponto de equilíbrio entre morrer sem remorso, caso o mundo passasse a ter sentido, e morrer porque o mundo não fazia sentido? Se, de qualquer forma, não lhe restava senão morrer...

Entrementes, tudo ao redor derretia, começava lentamente a girar, e o papel de parede a se empolar com o vento. Algo semelhante a pássaros amarelos alçava voo vertiginosamente em bandos.

Ouvia-se música de algum lugar. Música que despertava ilusões de florestas verdes oscilando como algas no mar, de cachos de flores semelhantes a glicínias pendendo de cada galho, debaixo dos quais cavalos selvagens passavam a galope. Não sabia por que ocorriam essas ilusões, mas tinha a impressão de que o mundo, tedioso como o jornal repleto de letras de barata, empenhava-se seriamente para se disfarçar em algo maravilhoso. "Pois parece demasiado ostensivo!" — dizia a alma de Hanio. — "A própria inutilidade se esforça, que espetáculo vergonhoso!"

Sua alma não se deixara embriagar nem extasiar. O mundo é que assumira repentinamente outro disfarce. Enormes agulhas começaram a brotar de súbito ao seu redor. As agulhas brilhavam. Algo semelhante a flores de cacto se abria de uma só vez da cabeça das agulhas. Flores de cacto, vermelhas, amarelas e brancas. Flores-baratas, pensou. Imediatamente, as agulhas se transformaram em antenas de televisão. Lixeiras de plástico verde — aquelas atrás dos apartamentos — começaram a flutuar ao redor delas feito balões de propaganda.

"Coisa vulgar e sem graça!", pensou Hanio.

— Como é? Pronto para morrer?

A voz vinha de algum lugar.

— Sim, estou pronto.

Mal respondeu e sentiu que o corpo se aliviava. Até então se sentira amarrado à cadeira, mas agora estava livre para mover pés e mãos. Contudo, sobrevinha-lhe a sensação um tanto inebriante de certo abandono, de estar submisso ao comando de alguém.

— Então morra. De agora em diante faça o que eu disser. Vou deixá-lo morrer sem sofrimento.

— Sim. Agradeço.

— Está bem? Estenda a mão direita.

— Assim?

— Isso mesmo.

Sua voz vinha de sua alma, nem ele mesmo podia ouvi-la. No entanto, seu interlocutor lhe respondia perfeitamente e lhe enviava instruções precisas.

— Agora toque esse objeto escuro e duro em cima da mesa. Segure-o com firmeza. Assim, assim. Não toque ainda o gatilho. Leve-o devagar até a têmpora. Devagar, devagar, relaxe o ombro. Agora encoste bem o cano na têmpora. Frio, não é mesmo? Gostoso, não é mesmo? Desanuvia a cabeça, como um saco de gelo quando se está com febre. Agora leve delicadamente o indicador ao gatilho…

17

O dedo de Hanio estava prestes a acionar o gatilho enquanto mantinha o cano do revólver encostado a sua têmpora.

Nesse exato momento, alguém saltou e lhe arrebatou o revólver. Um disparo muito próximo fez estremecer o ar, e os latidos do cachorro lhe encheram os ouvidos.

O choque aparentemente cortou os efeitos da droga. Hanio se ergueu sacudindo a cabeça. Conseguia ver distintamente o interior da sala, até parecia mentira. A seus pés, a mulher jazia contorcida, a têmpora sangrando.

O homem gordo de rosto corado, o homem magro como um louva-a-deus e Henry, o cavalheiro bem-vestido, cercavam o corpo, estarrecidos.

Tomando entre as mãos a cabeça ainda atordoada, Hanio se intrometeu entre eles e observou com cuidado o corpo da mulher. A mão direita dela segurava firme o revólver.

— O que aconteceu? — perguntou Hanio ao estrangeiro de rosto corado.

— Morreu — respondeu o homem, atônito, pela primeira vez em japonês.

— Por quê?

— Porque ela o amava. Ela o amava de verdade! Não há como pensar de outra forma. Por isso morreu no seu lugar. Mas ela não precisava se matar, bastava tomar o revólver de suas mãos!

Hanio procurou raciocinar, esforçando-se para concentrar os pensamentos dispersivos. Ela havia se suicidado por um simples motivo. Apaixonara-se por ele, mas, sem certeza alguma de que seria correspondida, resolvera morrer, só podia ser isso.

— Bem, foi suicídio, acima de qualquer suspeita — continuou o estrangeiro de rosto corado.

— Não temos com que nos preocupar.

Não ocorria a Hanio pensar como resolver a situação.

Já o fato de ter sido objeto de amor era um aborrecimento. Mais ainda de uma mulher sem encantos como aquela, que até se matara por ele. Tudo isso era demais. Estava assustado. Tinha tentado vender sua vida duas vezes e, em ambas, acabara provocando a perda de outras vidas.

Estava curioso para saber como os estrangeiros iriam resolver o caso. Talvez conseguissem aproveitar a ocasião para dar cabo de sua vida também.

Os três confabulavam em segredo, juntando as cabeças. O dachshund seguia rosnando para o cadáver. O odor de sangue despertara talvez os instintos selvagens daquele cachorro por demais domesticado. O sangue escapava sorrateiro por baixo do corpo, como se tentasse fugir, aproveitando a confusão. A mulher jazia de boca aberta — gruta escura que parecia esconder o atalho para o fim do mundo. Os olhos estavam levemente abertos. Escassos cabelos desgarrados caíam sobre um deles.

— Pensando bem, esta é a primeira vez que vejo um cadáver de perto. Nem o dos meus pais eu pude observar assim. E não é que é meio parecido com uma garrafa de uísque, que se quebra ao cair? Se se quebrou, o conteúdo se esvai, é claro.

Um mar sombrio se agitava sob as janelas. Os estrangeiros continuavam confabulando. Sem entender bem a língua inglesa, Hanio conseguiu mesmo assim distinguir algumas palavras, como *flight number* e *airline*, aparentemente relacionadas à aviação.

Com as mãos enroladas em lenços, eles retiraram da bolsa da mulher as dez notas de dez mil ienes e as puseram nas mãos de Hanio. Disse então um deles:

— Tudo isso deve ser mantido em segredo. Aqui está o pagamento pelo seu silêncio. Uma palavra, e…! — Fez gesto de cortar a própria garganta, simulando um estertor gutural para realçar o ponto.

Hanio pegou carona no carro dos estrangeiros e desceu na estação Hamamatsucho. Ninguém quis conversar com ele; até parecia que o evitavam deliberadamente.

Despediu-se do carro erguendo a mão e dando-lhe as costas com indiferença, como se despedisse um amigo qualquer após um piquenique.

Depois comprou um bilhete da Empresa Ferroviária Nacional e subiu a escadaria.

A estranha sensação lhe retornava à cabeça.

A insípida escadaria de concreto parecia estender-se indefinidamente.

Hanio subiu com pressa. Subia e subia, sem, contudo, chegar à plataforma. Os degraus se multiplicavam à medida que subia. Era possível ouvir lá em cima o estrilar dos apitos, a partida dos trens e o movimento da multidão em direção às escadas. Contudo, a escadaria por onde Hanio subia não o levava de maneira alguma àquela cena.

Já era um homem morto. Tinha noção de que sentimentos e moralidade não lhe diziam respeito. Por outro lado, o amor da mulher morta representava um ônus e se apegara a sua mente. Logo a ele, para quem os outros não passavam de baratas!

De repente, a escadaria se despejou em seu peito como uma alva queda-d'água, e no mesmo instante ele se viu na plataforma. O trem chegava. Hanio embarcou, tomado de grande fadiga. O interior, luminoso como o paraíso, estava vazio. As alças de plástico branco balançavam em compasso único. Agarrou-se a uma delas, com a sensação de, ao contrário, ter sido agarrado por ela.

18

Ele aguardava ansiosamente as consequências do incidente.

Deixara o cartaz da porta virado em "Venda esgotada no momento", pois estava muito extenuado. Mas, por estranho que fosse, o cansaço lhe permitia sobreviver. Era necessário gastar energia até mesmo para brincar com conceitos como a morte?

Não havia notícia alguma nos jornais sobre a descoberta de um cadáver de mulher em um recinto misterioso no fundo do mar, nem no dia seguinte nem nos outros. Talvez o cadáver tenha sido abandonado como estava naquele lugar, para apodrecer.

A sensibilidade usual de Hanio retornava aos poucos — aquela posterior à tentativa de suicídio que o levara a ver irrealidade e mentira em tudo. Quando se vive em um mundo como este, tristeza ou alegria deixam de existir. Tudo é envolvido por um contorno difuso, e a "incoerência" incide noite e dia sobre a vida com a brandura de uma iluminação indireta.

"Não existiu aquela mulher. Tampouco aquela sala secreta no fundo do mar, que besteira!" — aos poucos lhe começava a parecer.

Sentiu-se aliviado. Voltava-lhe a disposição de retornar à cidade, ainda em Matsu-no-uchi.[3] Por incrível que pareça, havia tempos não dormia com uma mulher.

Andando pelas ruas de Shinjuku, despertou-lhe a atenção o traseiro de uma garota que estava entrando numa loja de

---

[3]. Período do início de ano até 15 de janeiro, quando as portas das casas são ornamentadas com um pinheiro.

liquidação. Ela não vestia casaco. O dia, embora ameno, não permitia dispensá-lo, e quem sabe fora isso que lhe atraíra o olhar. Mas as nádegas realçadas pela saia verde axadrezada, um tanto desbotada, pareciam opulentas como as de uma mulher de um quadro de Renoir. Sob o sol de inverno, davam a impressão de que a essência da vida lá estava, inteiramente concentrada. Provocavam uma sensação de frescor, meio como a do lustro de um tubo novo e gordo de creme dental que mal saíra da embalagem. A manhã parecia prometer ser agradável.

Sem pensar, Hanio seguiu as nádegas loja adentro.

A mulher parou diante dos pulôveres com desconto. Agasalhos de diversas cores se achavam amontoados em confusão em uma caixa. Lembrava uma caixa de areia de parque.

Hanio observou de perfil o rosto da garota, completamente entretida em escolher um pulôver.

Ela fazia biquinho com os lábios e ostentava brincos de abacaxi prateado em pleno dia, o que levava a supor que fosse uma mulher habituada a viver em bares de terceira categoria. Entretanto, o perfil do seu rosto era bonito, em particular a curva do nariz arrebitado. Hanio, que tinha aversão a narizes aduncos, sentiu-se aliviado.

— Vamos tomar chá? — perguntou meio enfadado, dispensando *finesses*.

A garota nem se deu ao trabalho de virar o rosto, e respondeu com toda a naturalidade:

— Espere um pouco. Deixe-me ver isto aqui. — E voltou a se absorver nos agasalhos.

Pegou um deles, um suéter preto, estendeu as mangas, largas como asas de morcego, e pôs-se a refletir. Do jeito como mantinha o biquinho nos lábios, talvez a escolha não lhe agradasse muito. Uma etiqueta espalhafatosa, vermelha e dourada, com a marca da fábrica, balançava do peito do pulôver feito tira de papel de Tanabata.[4]

— Mas está barato — dizia a menina, falando com os seus botões.

Virou-se então pela primeira vez para Hanio:

— Que tal? Fico bem? — Levava o suéter ao peito.

Dirigia-se a Hanio como a um companheiro de dez anos de convívio. Surpreso, Hanio observou o suéter desleixadamente solto sobre o peito da garota, suéter esse que até então mais parecia um morcego morto, mas agora subitamente se estufava com o volume dos seios da garota.

— Não está mal — respondeu.

— Então vou comprá-lo.

A mulher foi ao caixa.

Nada seria mais enfadonhamente doméstico do que ter de comprar para a mulher aquele suéter barato. Hanio observou satisfeito que ela remexia a bolsa para pagar.

Acomodados em uma lanchonete das proximidades, a mulher disse:

— Sou Machiko. Você quer dormir comigo, não é?

— Mais ou menos isso.

— Que homem chato! Nem parece que quer.

A garota tentava se mostrar adulta, e ria com a barriga.

Tudo correu a contento. Machiko tinha de estar em um bar às dezenove horas. Hanio a acompanhou até um apartamento intranquilo uma ou duas quadras adiante.

Machiko bocejou e soltou o ganchinho lateral da saia, observando:

— Não sou nem um pouquinho friorenta.

---

4. Festival das estrelas, realizado no sétimo dia do sétimo mês do ano.

— Acredito. Nem vestiu casaco. Soube por causa disso que tinha um corpo ardente.

— Que homem chato! Você é um esnobe. Mas eu gosto de esnobes.

O corpo da mulher cheirava a capim seco, do interior. Tanto que Hanio estranhou não ter encontrado nenhum preso ao seu paletó.

19

Hanio voltou ao seu apartamento presumivelmente depois das vinte horas. Jantara com a garota algo leve em uma lanchonete, antes de acompanhá-la até o bar onde ela trabalhava, para se despedir em seguida. Assistira pela metade a um filme de yakuza e regressara.

Tentou abrir a porta e quase tropeçou. No escuro, aos pés da porta, um vulto se encolhia.

— Ei, quem é você?

Não houve resposta. Um rapaz magro e baixo, em uniforme de estudante, levantou-se.

O menino tinha um rosto pequeno e triste, como o de um rato.

— A venda está mesmo esgotada? — perguntou de supetão. Desconcertado, Hanio não entendeu bem a pergunta.

— Como? — devolveu.

— Perguntei se a vida está esgotada — disse o menino com voz esganiçada.

— É como diz o cartaz.

— Mentira. Você está aí, bem vivo. Se a venda está esgotada, você devia estar morto.

— Nem sempre. Mas vamos entrar.

Hanio sentiu certa simpatia pelo rapaz e o convidou a passar.

Acesa a luz da sala, Hanio se preparava para ligar o aquecedor. O rapaz farejava o ambiente fungando e, circulando o olhar à volta, disse ainda de pé:

— Estranho! Você parece bem de vida… por que decidiu vendê-la?

— Não faça perguntas bobas. Todos têm suas razões.

Hanio ofereceu uma cadeira ao rapaz.

O rapaz despencou sobre ela, visivelmente tenso.

— Estou cansado. Passei duas horas esperando.

— Paciência, a venda está esgotada.

— Eu olhei bem o cartaz. Você costuma virá-lo quando quer descansar. Até eu percebo essas coisas.

— Sei, sua cabeça funciona bem. Seja como for, um menino como você tem dinheiro para comprar a minha vida?

— Basta pagar, não é?

O rapaz abriu o botão do peito e do bolso interno, sacou um maço de notas de dez mil ienes com displicência, como se fosse um bilhete de trem, e depositou-o à sua frente. À primeira vista, o maço devia conter pelo menos duzentos mil ienes.

— Onde arranjou esse dinheiro todo?

— Não roubei, não. Só vendi um quadro de Tsuguharu Fujita que tinha em casa. Pechincharam, mas paciência. Era uma emergência.

De repente, as palavras do menino apagaram a imagem de um pobre ratinho e o transformaram em um rapaz de boa família.

— Estou impressionado. Agora vejo você com outros olhos. E o que pretende fazer, comprando a minha vida?

— Sou um filho muito dedicado.

— Isso é bom.

— Meu pai morreu há muito tempo e vivo sozinho com minha mãe. Ela está doente. Tenho muita pena dela.

— A sua mãe?

— Sim.

— E o que quer que eu faça?

— Que a console, nada mais.

— Uma enferma?

— Se você a consolar, ela fica boa em um instante.

— Mas é preciso que eu lhe venda a minha vida, só para isso?

— Eu lhe conto aos poucos. — O menino umedeceu o lábio inferior, mostrando uma língua vermelha e limpa. — Depois que o velho morreu, minha mãe, coitada, ficou deprimida por insatisfação sexual. No começo, ela se constrangia por minha causa, mas depois, não foi mais capaz de se conter.

— Acontece muito — concordou Hanio um pouco entediado.

O rapaz em uniforme de estudante com certeza exagerava as coisas da vida. Era da idade construir mentalmente dramas vulgares para achar que desvendara, enfim, o mistério da vida. Mesmo assim, sob certos aspectos, ele parecia demasiado precoce. Mas os rapazes hoje demonstram com frequência essa secura aborrecida de cavalinha crescida além do ponto. Se veio desse jeito comprar-me a vida, é porque o impulso de parecer adulto foi muito forte, com certeza — pensou Hanio e não o levou a sério.

— Por isso mamãe acabou arranjando um homem, que logo a deixou. Arranjou outro. Fugiu também. Passou talvez por doze ou treze. Todos fugiram apavorados, com o rabo entre as pernas. Há coisa de dois ou três meses, foi abandonada por um homem a quem ela amava muito e, desde então, caiu de cama, por anemia perniciosa. Sabe por quê?

— Bem, não sei — Hanio resolveu responder, meio constrangido.

O rapaz entrou no assunto principal, com os olhos reluzentes.

— Sabe por quê? Minha mãe é uma mulher especial. É vampiresa.

20

Vampiresa, a mãe desse garoto? Como assim?

Haveria, neste mundo de hoje, vampiros?

Entretanto, o menino nada mais acrescentara.

Aparentava ser um rapaz meticuloso, pois viera com uma folha já impressa, de recibo.

— Preencha aí duzentos e trinta mil ienes. Mas depois acrescente em nota: "Adiantamento a ser necessariamente devolvido caso o cliente não fique satisfeito." E assine — ordenou com severidade.

Com o recibo preenchido, o rapaz se foi, recomendando antes:

— Hoje estou um pouco cansado e com sono. Venho buscá-lo amanhã às oito da noite. Seria melhor já estar jantado. E também deixe tudo em ordem antes de sair, pois é bem provável que não volte vivo. Mesmo que consiga eventualmente retornar com vida, estará ausente uns dez dias, então venha preparado.

O nome do rapaz era Kaoru Inoue, conforme ele próprio ditara a Hanio para que escrevesse no recibo — recordava-se agora, sozinho no apartamento.

Finalmente poderia, sim, morrer. Precisava dormir bem, pelo menos aquela noite.

Às oito horas em ponto da noite seguinte, Kaoru bateu à porta para buscá-lo. Vestia o mesmo uniforme de estudante da noite anterior.

Despreocupado, Hanio deixava o apartamento quando Kaoru insistiu mais uma vez:

— Não se importa mesmo com a vida?

— Não — replicou simplesmente.

— O que fez com o dinheiro de ontem?

— Está guardado na gaveta.

— Não o depositou no banco?

— Nem adianta. Se o dinheiro aparecer na gaveta, depois que eu morrer, o velho, o dono do apartamento, passará a mão nele, só isso… Um dia você compreenderá. Se a minha vida foi regateada por duzentos mil ienes ou por trezentos mil ienes, que diferença faz? O dinheiro pode mover o mundo, mas só para quem está vivo.

Ambos abandonaram o apartamento e se puseram a andar.

— Vamos apanhar um táxi — disse o rapaz, e adiantou-se para pegá-lo, todo animado, como dava a perceber mesmo por trás.

— Hagikubo — Hanio ouviu o rapaz ordenar ao taxista, e perguntou:

— A minha morte lhe dá tanta felicidade?

No retrovisor, os olhos do taxista luziram assustados.

— Não por isso. Mas fico feliz em dar alegria à minha mãe.

Aos poucos Hanio começava a sentir que tudo aquilo fazia parte do mundo alucinante do rapaz. Os dois primeiros incidentes haviam terminado ambos em tragédia. Por isso não lhe importava se desta vez terminasse em comédia vulgar.

O táxi parou diante de um magnífico portão, em uma rua escura do bairro residencial. O rapaz desceu do táxi. Hanio pensou que estivessem diante da casa do rapaz, mas ele continuou andando. Dobrou à esquerda, andou por mais duas ou três quadras e, finalmente, introduziu a chave em um portão muito semelhante ao anterior, esboçando a Hanio, na obscuridade, um sorriso malandro.

Não se via luz alguma dentro da casa. O rapaz abriu as portas uma a uma com as chaves, conduzindo Hanio a uma sala de visita bem iluminada.

A sala que surgiu à luz cheirava a bolor, mas denotava bom gosto, arrumada como estava em estilo arcaico. A lareira não era falsa e, acima dela, havia um espelho com rachaduras e manchas, ao estilo da monarquia dos Luíses. Sobre a prateleira, um relógio dourado antigo, suportado de ambos os lados por anjos. Kaoru soltou um espirro e, calado, pôs-se a acender a lareira.

— Não há mais ninguém, além de você e sua mãe?

— Absolutamente.

— E a comida, quem faz?

— Não me faça perguntas insossas. Quem faz sou eu. E dou de comer à enferma.

Uma bela chama se erguia. O rapaz trouxe do armário de canto um brandy fino. Depois, aqueceu-o habilmente ao fogo, com a haste delgada da taça entre os dedos, e ofereceu-o a Hanio.

— E a sua mãe?

— Ela vai demorar mais uns trinta minutos. Uma campainha soa à cabeceira dela quando abro a porta de entrada. Então ela se levanta vagarosamente, se maquia com capricho, se veste e aparece. Leva no mínimo trinta minutos. Ela gostou do seu rosto, deixou-a inquieta. Também, você é fotogênico até demais, não?

— Onde conseguiu minha fotografia? — devolveu Hanio espantado.

— Ontem à noite, não percebeu?

Com um riso frio, o rapaz deixou espiar do bolso do uniforme escolar a metade de uma câmera minúscula, do tamanho de uma caixa de fósforos.

— Você me venceu.

Hanio agitou o brandy e deixou-o escorrer aos poucos para o interior da boca. Misteriosamente, o perfume da bebida parecia prenunciar um doce encontro aquela noite. Enfadado, Kaoru brincava com o botão do uniforme, enquanto observava o estranho animal que posava como "homem adulto que aprecia tranquilo um digestivo após a refeição". Mas, de repente, levantou-se com um salto.

— Ai, já ia me esquecendo! Preciso terminar minha lição de casa antes de dormir. Com licença. Por favor, cuide de mamãe. Não se preocupe com agências funerárias, eu conheço uma, bem baratinha.

— Ei, espere um pouco mais! — Hanio mal protestou, e o menino desaparecia.

Sozinho e sem ter mais o que fazer, Hanio se pôs a examinar o local.

Lá estava ele, como sempre aguardando que algo acontecesse. Até parecia que "estava vivendo". Muito mais morto estivera na Tokyo-Ad, naquele escritório exageradamente moderno e demasiado luminoso, junto com os outros, todos vestidos de acordo com a última tendência da moda, trabalhando sem sujar as mãos. E agora, homem decidido a morrer, bebericava um brandy enquanto esperava que o futuro lhe viesse com algo que fosse a morte! Não estaria sendo incoerente?

Entediado, Hanio examinava as pinturas colocadas junto à parede; entre outras, um quadro de caça à raposa colorido a pena e o retrato de uma mulher pálida. Por acaso, percebeu que a moldura do quadro deixava à mostra pontas de papéis antigos, na posição em que usualmente se costuma esconder dinheiro poupado. Mas quem esconderia dinheiro em uma sala de visita? A espera era longa, a curiosidade crescia. Hanio não se conteve. Levantou-se e puxou os papéis para fora.

Vieram cobertos de pó. Com certeza, ninguém os tocara, e por muito tempo. Escaparam de trás da moldura, quem sabe durante a faxina. Naturalmente, não foram postos ali de forma intencional para serem vistos por visitantes.

Eram folhas de *genko yoshi*.[5] Ao manuseá-las, a poeira se espalhou, manchando de preto os dedos de Hanio, como se ele tivesse tocado o pó de uma mariposa negra.

Achava-se ali escrito:

"Ode aos vampiros

               K.

Os cabelos desgrenhados,
A própria contradição absoluta desgrenhada,
Uma bicicleta enferrujada abandonada à margem do rio primaveril
 Esse transe erótico e
 Sangue
 Entre rangido mecânico
 De fluido esplendoroso
 As noites, uma por uma,
 Encerram-se em cápsulas
 Que ingeridas como tabletes
 Alvoroçam as galinhas líricas
 O policial com endocardite subaguda
 Na entrada do hotel Excelsior

---

5. Folhas quadriculadas usadas para escrever.

Na garganta do hotel
Arrasta fora o tapete vermelho
Regulamentos
Regulamentos prazerosos, absolutos, revolucionários
Constitui-se o partido dos vampiros."

Versos como esses, completamente incompreensíveis, escritos em letras horrorosas, enchiam as folhas. Essas coisas ininteligíveis, ao que parece denominadas surrealismo, já estavam fora de moda. Quem as teria escrito? A caligrafia parecia ser masculina, mas muito malfeita. Para se livrar do tédio, Hanio leu outros poemas semelhantes e bocejou.

A porta se abrira sem que tivesse percebido, e uma mulher magra, porém bela, achava-se no centro da sala.

Hanio voltou-se, surpreso.

A mulher, de trinta anos presumíveis, corpo esguio e flexível, vestia um quimono verde cingido por um *obi* azul-marinho. Era sem dúvida muito bela, mas algo doentia.

— O que está lendo? Ah, isso… Sabe quem escreveu esses poemas?

— Não… — respondeu Hanio, desligado.

— Foi o garoto. Kaoru.

— Kaoru?

— Não é lá muito talentoso, como pode ver. Mas me deu pena jogá-los no lixo, e, por outro lado, eu não aprecio poemas dessa espécie. Por isso, escondi-os aí, há muito tempo. Como descobriu?

— As folhas espiavam da moldura… — Hanio voltou a esconder apressadamente o maço de folhas atrás do quadro.

— Sou a mãe de Kaoru. Ao que parece, o senhor foi muito prestativo. Ele não lhe causou embaraço?

— De forma alguma.

— Por favor, venha deste lado. Não quer se sentar perto do fogo? Já lhe vejo outro brandy.

Hanio aceitou o convite e estendeu de maneira confortável os braços sobre os apoios da cadeira profusamente cravados de rebites de bronze que faiscavam ao fogo da lareira. A cadeira deixava entrever o algodão do estofamento.

Estava parecendo um professor em visita informal à presidente da Associação de Pais e Mestres, pensou.

A mulher também se serviu de brandy, e sentou-se em uma cadeira defronte a ele.

— Seja bem-vindo. Prazer em conhecê-lo — disse, erguendo a taça.

Em seu dedo, um enorme diamante reluzia, absorvendo em cheio a luz vermelha das chamas. Estava sentada ao lado da lareira, e seu rosto parecia ainda mais belo devido ao perfil cinzelado sobre o qual as labaredas lançavam sombras irrequietas.

— Será que não se trata, outra vez, daquilo? Quero dizer, Kaoru não andou inventando coisas estranhas?

— Bem… Não… Talvez um pouco.

— Que desgosto! É um menino inteligente, mas, como vê, um fantasioso. Chego até a pensar que a educação nas escolas hoje deixa a desejar.

— De fato, a tendência é essa.

— O que será que os professores estão ensinando? Por certo não seria correto afirmar em termos gerais que a educação era melhor antigamente, mas gostaria que as escolas ensinassem às crianças pelo menos os deveres sociais, para acostumá-las a não serem inconvenientes. Do jeito que está, até parece que pagamos mensalidades só para serem preparadas para o Zengakuren.⁶

— Tem razão.

— Veja o senhor, hoje em dia. A calefação deixa o ar seco, aonde quer que se vá, aqui mesmo em Tóquio, onde não faz tanto frio. Vivemos como se estivéssemos nas províncias do Norte.

— Sim, principalmente nos bairros de edifícios. Prefiro lareiras como esta.

— Eu me alegro com isso — disse a senhora sorrindo apenas com os olhos. Pequenas rugas se formavam ao redor dos olhos sorridentes, mas até isso era lindo de se ver.

— Nesta casa, cuidamos para que a calefação seja o mais natural possível e, mesmo no verão, não resfriamos o ambiente. Dizem que basta uma noite na secura provocada pela calefação nos prédios para a garganta sangrar. Que horror!

Estamos chegando, enfim, ao assunto principal, pensou Hanio, esperançoso, mas a mulher retomou a conversa absurdamente corriqueira.

— Fala-se muito sobre a higiene do ambiente, a ponto de parecer excesso de civilidade, mas os automóveis continuam expelindo gás demais e, por outro lado, o lixeiro nunca aparece.

— Eles andam muito preguiçosos nos dias de hoje.

— Sim. O senhor compreende muito bem os problemas domésticos. Os homens de hoje são realmente estranhos. Os solteiros são até mais compreensivos em relação a esses problemas, mas os casados parecem surdos e mudos. O senhor, naturalmente, é solteiro, não?

— Sim.

---

6. Associação nacional de estudantes, de tendência comunista e anarquista.

— Claro, jovem como é, em plena idade da "impetuosidade", não é? Posso chamá-lo de Hanio?

— Por favor.

— Que bom! Hanio… Mas, por falar nisso, o que acha do divórcio recente de Tsuyuko Kusano? Está sendo muito comentado pelas revistas…

— Atriz de cinema é assim mesmo. — Hanio quis deixar bem claro seu desinteresse por fofocas sobre atrizes de cinema, mas aparentemente a senhora entendeu o contrário.

— Será mesmo? Tsuyuko Kusano tinha uma vida tão feliz casada! Por que teria resolvido se separar de repente? As revistas semanais falam em traição do marido, como sempre, mas tenho a impressão de que não se trata apenas disso. Ela é uma mulher de Kyoto. Muito avarenta em casa, é o que dizem. Talvez tenha constrangido o marido, começando a controlar suas despesas pessoais, a ponto de ele não aguentar mais. A mulher deve deixar o marido viver confortavelmente. Você sabe o que aconteceu de verdade?

— Não sei de nada — retrucou Hanio, rude sem querer por tédio e impaciência.

Hanio se deu conta de que a cadeira dela, que julgava distante, separada pelo fogo da lareira, estava apenas à distância da mão esticada, quando a senhora tocou sua mão sobre o braço da cadeira como se a envolvesse por cima. A mulher tinha a mão fria como gelo, embora estivessem perto da lareira.

— Me desculpe. Você se aborreceu com a minha conversa… Não costuma assistir a filmes?

— Assisto de vez em quando, mas quase todos de yakuza.

— Sei, os jovens hoje em dia preferem mais conversar sobre carros, não é? As revistas falam muito disso. Mas o que mais assusta é a imprudência na direção. Nada é mais inútil do que morrer num acidente de trânsito.

— Concordo plenamente.

— O prefeito deveria resolver os problemas de trânsito com mais empenho. Quando ocorrem acidentes com feridos graves, a ambulância demora a chegar. Isso eu presenciei uma vez na rodovia nacional 1 de Keihin. Todos ficaram furiosos. Enquanto isso, o sangue corria sem parar. O ferido tinha de ser transportado com urgência para receber transfusão. A própria transfusão já assusta. Pode provocar hepatite sérica depois.

— É verdade.

— Você já doou sangue alguma vez?

Os olhos da senhora luziram à chama da lareira.

21

— Nunca doei sangue.

— Não leva a sério suas obrigações sociais? Muitas pessoas neste mundo sofrem por falta de sangue! Se o senhor é homem, devia socorrer esses pobres coitados, mesmo dando a vida por eles, não acha?

— É por isso que vim até aqui esta noite! Estou disposto a morrer, já há muito tempo! — No auge do exaspero, Hanio acabou erguendo a voz.

— Sei, entendi — a mulher exibiu um débil sorriso e fitou diretamente o rosto de Hanio. Nesse momento, ele estremeceu sem querer.

Após alguns minutos de silêncio, ela disse:

— Passará a noite aqui, não?

A casa estava silenciosa, no meio da noite. Kaoru, com certeza, já adormecera.

O quarto para onde fora conduzido pela senhora era um *zashiki*[7] nos fundos do segundo andar. Não parecia um quarto de doente. Nem se percebia ali o odor de corpo enfermo da mulher acamada. Em seu lugar, havia frio e cheiro de bolor.

— Vou já acender o aquecedor.

A senhora se pôs a acender os aquecedores a querosene espalhados em três pontos do quarto. Imediatamente, o cheiro do combustível tomou conta do ambiente. Hanio imaginou por um instante o que aconteceria se os três aquecedores mal assentados fossem ao chão ao mesmo tempo.

---

7. Recinto decorado em estilo japonês.

Três futons formavam uma pilha alta. Para subir, a senhora, em camisola longa, quase perdeu o equilíbrio. Hanio a escorou.

— Estou com uma forte anemia e, por isso, tenho tonturas com frequência — disse a mulher, meio acabrunhada.

O leito fora preparado com roupas de cama que pareciam já ter um longo uso, mas eram de seda. Via-se que nunca haviam sido expostas ao sol. O cobertor, que deveria ser leve, parecia pesado demais por causa da escura umidade nas entranhas de algodão.

Despindo-a da camisola com delicadeza, Hanio se surpreendeu com o frescor de sua pele, inacreditável para a mãe de um garoto daquela idade. Acreditou que a aparência jovem, de uns trinta e poucos anos, era fruto da hábil maquilagem, mas a pele se mostrava alva, aveludada, firme e fria como uma peça de cerâmica. Não se viam sinais de ruga ou envelhecimento em parte alguma e, no entanto, não se tratava de uma pele elástica e cheia de vigor. Tinha um aspecto de cera perfumada, mas não permitia sentir algo como a raiz da vida em seu interior. Em alguma parte do corpo humano costuma existir um centro irradiante, que proporciona lustro ao corpo todo. Pois lhe faltava esse ponto principal. Se algum lustro fosse encontrado, seria o lustro de um corpo morto. Ela com certeza era magra, como percebeu Hanio ao sentir as vértebras um pouco salientes do tórax. Contudo, os seios eram delicados e perfeitos, e o ventre, alvo e macio como um copo de leite extraordinariamente concentrado.

Excitado como nunca, Hanio tentou possuir a mulher. Por um momento, ela se entregou às carícias alheia a tudo. Depois, torcendo-se feito cobra, esquivou-se do corpo de Hanio e manobrou-o de tal forma que, de repente, Hanio se viu embaixo dela.

Entretanto, nada era forçado em seus movimentos. Com misteriosa habilidade, sem ferir minimamente o corpo do parceiro, deslizara para cima dele feito cobra que surge entre folhas de amora.

Hanio se achava imerso em uma estranha embriaguez. Um leve odor de álcool lhe chegava às narinas. Algo estava sendo desinfetado. Um bisturi, quem sabe — pensou instintivamente e fechou os olhos. Nesse instante, sentiu no braço a gélida queimadura do álcool, e dor.

— Começamos do braço. Que braço forte! — sussurrou a mulher.

De imediato, a dor se fez outra, uma dor de ferimento espremido. Os lábios da senhora sugavam. Houve um longo período de inação. Hanio ouviu um ruído delicado, de algo descendo pela garganta da mulher. Quando descobriu que se tratava do seu sangue, estremeceu.

— Obrigada, foi delicioso. Esta noite ficamos por aqui.

À luz do abajur, os lábios que se aproximavam à procura de um beijo estavam sujos de sangue. Hanio notou que o rosto da senhora revelava aquela mesma vivacidade que observara antes ao fogo da lareira. Tinha a cor da vida. Os olhos transbordavam a energia saudável e natural das mulheres jovens em trânsito pelas ruas da cidade.

22

Hanio passou a residir na casa.

A senhora lhe sugava o sangue todas as noites. Áreas críticas de seu corpo iam aos poucos sendo laceradas, as veias abertas. A quantidade de sangue sugado só aumentava.

Certa tarde, encontrou-a debruçada sobre uma ilustração do corpo humano que mostrava em azul e vermelho as veias e artérias. Viu-a pelas costas, estudando a figura, totalmente absorta. Hanio vivia com ela e concordava com tudo; não obstante ela agia à sombra, como se estivesse protegendo um segredo. Para ela, seu corpo não passava de um esquema a ser estudado. Essa constatação lhe provocou calafrios.

Mas, fora isso, a vida no lar dos Inoue era absolutamente civilizada.

De manhã, quando os pássaros começavam a cantar e a janela se embranquecia, Hanio percebia sonolento a senhora deixar o leito, e voltava a dormir.

Ela saía para preparar o desjejum do filho.

Desde a manhã seguinte à sua primeira noite na casa, a mulher passara a exibir uma saúde nunca vista. Estava irreconhecível.

Despertava bem-disposta, a ponto de cantarolar logo ao acordar. Hanio despertava com os passos da senhora que retornava ao leito depois de o filho sair para a escola. O rosto dela parecia a cada manhã mais radiante e saudável.

Kaoru, mais feliz ainda, comentava em particular:

— Acho que fiz boa compra, a melhor desde que nasci. Nem me arrependo de ter vendido aquele quadro de Tsuguharu

Fujita, recordação de meu pai… Também, mamãe recuperou completamente a saúde desde a manhã seguinte àquele dia e me prepara o café. A casa toda está mais alegre, e acho que fui um bom filho. Até eu me sinto bem. Tudo isso graças a você, Hanio. Mas eu me preocupo de vez em quando. O que será de nós se você morrer? Justo agora, quando finalmente encontramos uma pessoa ideal, tanto para mamãe quanto para mim?

Quero que você viva para sempre, acredito que mamãe, no fundo, pensa assim também, com certeza… Mas ela está gostando cada vez mais de você e, por isso, acredito que vai matá-lo, não demora muito.

Por favor, não abandone mamãe até lá, quero dizer, até você morrer. Vamos viver nós três em harmonia. Para dizer a verdade, sempre sonhei viver assim, em família.

Essa confissão não deixou de sensibilizar Hanio. De fato, as horas de lazer diante da televisão, reunidos os três, "pai, mãe e filho", reproduziam a própria imagem da família ideal.

Kaoru, um colegial sério e estudioso, mantinha em cima da mesa o livro-texto de inglês, mesmo enquanto assistia à televisão, para varrer as páginas apressadamente nos intervalos comerciais. A senhora, por sua vez, estava irreconhecível. Buliçosa, preparava todas as noites para Hanio pratos deliciosos e nutritivos à base de fígado, carne e ovo.

Além disso, passara assiduamente a dar lustro à casa embolorada, fazia crochê com seus dedos suaves e belos enquanto assistia à tevê, tendo ao rosto um sorriso, dir-se-ia, divino. Até mesmo Hanio começava a mostrar interesse pelo noticiário internacional estampado nos jornais, antes para ele nada mais que uma profusão de baratas.

Nem sempre o "casal" permanecia em casa, sem sair.

Quando saíam, faziam-no sempre juntos.

Nessas ocasiões, a senhora ligava seu pulso esquerdo ao pulso direito de Hanio com uma corrente dourada bem delgada, que retirava ao regressar, na entrada da casa.

A corrente de ouro muito delicada escapava à vista das pessoas. Hanio sentia a corrente morder de leve seu pulso quando a senhora a puxava com delicadeza.

Mas as saídas começavam a se tornar penosas para Hanio.

O prazer de se abandonar à indolência em casa, desfrutando da atmosfera doméstica, era sem dúvida um dos motivos. Porém, uma debilidade física crescente lhe assolava o corpo a cada dia, roubando-lhe a vontade de sair.

Vinha-lhe uma ligeira vertigem ao apressar os passos em cruzamentos, prenunciando a proximidade do fim da vida. Entretanto, antes de lhe provocar intranquilidade, causava-lhe tédio.

Curiosamente, não sentia pavor ou ânsia de viver mesmo nessas condições. Dia a dia mais sonolento e cansado, tinha a impressão de que desapareceria com a primavera que pouco a pouco se aproximava, diluindo-se no seio da estação seguinte.

Certo dia, Hanio foi ao seu apartamento pagar o aluguel acompanhado da senhora.

O zelador veio atendê-lo.

— Mas onde esteve? Você me deixou preocupado, sumindo de repente... Ué, como você está pálido! Anda doente?

— Não.

— Que susto! Quando vi você entrando, parecia um cadáver. Pois então...

A atenção do zelador, mulherengo como era, foi despertada pela senhora que se mantinha aconchegada a Hanio. Deu a entender que queria levar Hanio a um canto para ouvir explicações, mas Hanio se safou graças à corrente.

— Gostaria de dar uma olhada no apartamento.

— Por favor, ele é seu ainda.

— Estava pensando em lhe adiantar o aluguel da metade restante do ano…

Hanio entrou no apartamento com a senhora, e remexeu a gaveta trancada a chave. Os duzentos e trinta mil ienes estavam intactos. Ainda restava alguma moralidade neste mundo.

A senhora se ofereceu com insistência para pagar ela mesma os aluguéis adiantados, mas Hanio recusou, entregando ao zelador cento e vinte mil ienes do dinheiro encontrado, em troca do recibo.

Conversavam aos sussurros.

— Você é rígido demais!

— Só estou tentando distribuir minha herança, pois não tenho parentes.

Hanio conferiu a placa, que dizia "Venda esgotada no momento", enfiou sob o braço a pilha de correspondência acumulada e regressou ao "lar" com a senhora, satisfeito por ter encontrado o que ler.

Iniciada, porém, a leitura da correspondência recebida, seus olhos começaram a doer. Faíscas brancas turbilhonavam pela superfície do papel.

Naqueles dias, Hanio não suportava ver a cor do próprio rosto no espelho ao se barbear, mas, pela primeira vez, constatava que sua debilidade se agravara a ponto de impedi-lo de ler.

— O que foi?

— Nada, estou tonto e não consigo ler.

— Pobrezinho! — disse a senhora, e acrescentou com vivacidade: — Quer que eu leia para você?

— Não é necessário.

De toda forma era improvável que houvesse alguma correspondência importante.

Uma carta enviada por um antigo colega.

Diversas correspondências de gente desconhecida.

"Não sei que tipo de homem você é, mas vi seu anúncio de 'Vendo minha vida'. Embora creia que se trate de brincadeira, não posso ignorá-lo e, por isso, escrevo a presente.
'A devoção filial começa por não agredirmos nosso próprio corpo.' Você conhece esse ditado dos nossos antepassados? Provavelmente não. Quem divulga um anúncio desse tipo com certeza é um grande ignorante.
O que pretende, desprezando a própria vida? Ainda que por um momento, a vida foi considerada antes da guerra um 'tesouro sagrado' que os honrados súditos do imperador deviam dedicar à pátria. E você, muito embora viva neste mundo de hoje, onde é o dinheiro que manda, quer trocá-la por míseros vinténs!
Já me habituei a este mundo, mas digo que é por causa de lixos como você que o dinheiro faz do mundo o que quer. Que anúncio desprezível! É de se lamentar que a moralidade tenha atingido tamanho grau de degradação…"

A carta continuava por mais sete ou oito páginas. Hanio esboçou mentalmente a imagem do autor. Seria um homem de meia-idade, rosto avermelhado, autoritário, porém desempregado e com tempo de sobra. Com dificuldade, rasgou a carta e jogou-a no lixo. Percebeu que seus dedos já não tinham força para rasgar uma simples carta como aquela.

Havia também, por exemplo, outra cheia de erros, de uma mulher:

"Bacana! Bacana mesmo! Diz que compra (quis dizer 'vende', mas escreveu errado)[8] a vida, *com* certeza? Então vou 'comprar' (vender) a minha também. A gente se *troca* (?) e *vai*

---

8. Os ideogramas "vender" e "comprar" são parecidos em japonês.

pra cama numa boa. De manhã, é vida nova. Mar de rosas, dá vontade de *subiar* (assoviar?), *lá*, *lá*, *lá*, pra agarrar a felicidade. Quer casar comigo?"

Tendo lido toda a correspondência, Hanio, preguiçoso, pediu à senhora que rasgasse tudo, o que ela fez com grande facilidade, avermelhando os dedos delicados para destruir o volumoso maço de cartas.

Naquela noite, no quarto, a senhora sussurrou no ouvido de Hanio com inusitada seriedade:

— Sabe, pretendo enviar Kaoru amanhã à noite para a casa de um parente.

— Por quê?

— Quero fazer de tudo, só nós dois.

— Mas isso você faz todas as noites.

— Amanhã será diferente.

A senhora ria. Sua cálida respiração passou pelas narinas de Hanio. Havia um ligeiro odor de sangue.

— Não quero envolver Kaoru no que vou fazer amanhã à noite.

— Ele irá sem protestar?

— Claro que irá. É um menino sensível.

— Mas e depois?

A senhora se calou por um instante. Seus cabelos, que pareciam adquirir dia a dia mais brilho, ondulavam à luz do abajur.

— Você me perdoe, eu enjoei do sangue das suas veias. O sabor é suave, não tem frescor. Amanhã à noite, vou finalmente ao sangue das suas artérias.

— Quer dizer… chegou a hora de eu morrer.

— Sim… Estive pensando qual artéria escolher, mas creio que a jugular é a melhor. Desde o começo, gostei do seu pescoço, ele é grosso. No instante em que o vi pela primeira vez, me deu vontade de mordê-lo. Aguentei até hoje…

— Esteja à vontade.

— Que bom! Você é tão amoroso! Um homem de verdade, como nunca encontrei na minha vida, você é isso!… E depois…

— O quê?

— Quando tiver ingerido o sangue da sua artéria até o ponto de me satisfazer, vou derrubar todos esses aquecedores de querosene e queimar a casa.

— E você?

— Vou morrer queimada… Que mais, bobinho?

Pela primeira vez na vida, Hanio conheceu o que é a sinceridade pura, e cerrou os olhos. As pálpebras tremiam de forma doentia.

E a "noite seguinte" chegou.

23

— Vamos passear, para nos despedirmos deste mundo? — perguntou a senhora.

O dia da morte havia chegado para os dois. A tarde estava amena para o inverno, e Kaoru já fora conduzido à casa do parente, ao regressar da escola.

— Há um pequeno parque bem perto daqui. Os velhos ramos das zelkovas que restaram dos prados de Musashino são lindos de se ver. Queria guardá-los na memória antes de morrer.

— Deixe para lá. Vamos ficar aqui mesmo, em casa.

— Mas quero passear com você, e levar isso como lembrança deste mundo. Passear como um menino e uma menina.

— Só meia hora, está bem?

Na verdade, para Hanio, o ato de andar já se tornara decididamente enfadonho. Suas energias mal lhe permitiam se erguer apoiando-se nas paredes, e até mesmo isso lhe causava vertigem, frágil como estava. Nem dava para passear relaxado. Esgotado e cansado, preferia que sua artéria fosse aberta em meio à sonolência em que se achava.

— E, além disso, não gosto que me vejam pálido como estou.

— Mas por quê? Seu rosto adquiriu uma palidez maravilhosa, ideal. Um homem é mais vistoso quanto mais pálido. Será que não compreende? Torna-se romântico, penso até que Chopin devia ser assim.

— Pare, por favor, eu não sou tuberculoso.

Enquanto discutiam banalidades, a senhora já se pusera em traje de passeio, todo de couro, e se aproximava com a corrente de ouro. Hanio enfiou-se em um suéter vistoso, cor de damasco, para disfarçar por pouco que fosse a palidez de seu rosto, e saiu da casa atrelado à senhora pela corrente de ouro presa ao pulso, feito cachorro conduzido a passear.

Lá fora, de fato, estava agradável. A brisa era suave. Quando respirava fundo, o corpo parecia balançar com a carga do ar inspirado, mas não era de todo ruim, já que aquele era o último entardecer que lhe fora dado a contemplar na vida.

— Terei eu amado de verdade a vida, fosse uma só vez? — cogitou Hanio.

Nesse ponto, ele não tinha a mínima certeza. Parecia-lhe que começara a amá-la, mas quem sabe estivesse debilitado e com a mente fraca.

A beleza da tarde feria sua alma. O coração batia forte, como se fosse tropeçar a qualquer momento, as têmporas latejavam. Não tardou para que os ramos de um grupo de zelkovas hibernais despontassem, estendidos como uma rede vistosa sobre os telhados das casas do bairro das mansões.

— Lá estão. São as famosas zelkovas — disse a senhora.

Hanio estava cada vez mais disposto a morrer naquela noite. Não havia nisso uma ponta sequer de vontade própria, e isso o empolgava. O suicídio era enfadonho e, além do mais, muito dramático para seu gosto. E ser assassinado requeria um motivo. Em sã consciência, porém, nada fizera que desse lugar a rancor ou ódio, e detestava ser alvo de uma atenção exacerbada que lhe pudesse causar a morte. Vender a vida fora um recurso irresponsável e maravilhoso.

Seja como for, por que os belos ramos de zelkova se empenhavam em capturar, com todo o requinte, o azul-claro do céu da tarde, qual rede lançada ao firmamento? E por que a natureza é desnecessariamente tão bela, e o homem desnecessariamente tão complicado?

Entretanto, tudo estava para terminar. Sua vida chegava ao fim. Esse pensamento levava alívio ao seu peito, como mentol.

Passavam por uma loja de cigarros. Havia um poste vermelho diante da porta. Uma velha cuidava da loja.

Hanio se recordava até esse ponto.

Depois, um ciclone branco se ergueu em sua nuca. Estonteado e prestes a cair, pareceu-lhe que procurara apoiar-se em algo e perdera os sentidos.

24

Ao voltar a si, encontrou-se em um leito de hospital.

Já era noite. Uma enfermeira gordinha abria uma revista e lia sob a luz obscura de uma lâmpada.

— O que me aconteceu? — perguntou Hanio.

A voz da enfermeira lhe chegou em meio a um terrível zumbido nos ouvidos.

— Acordou? Então descanse tranquilo. Está tudo bem.

— Mas o que aconteceu? Sei que caí em frente a uma loja de cigarros…

— Redução grave do fluxo sanguíneo cerebral. Você chegou a desmaiar. Creio que alguém dessa loja de cigarros chamou a ambulância, porque você veio em uma. Atendimento de emergência.

— Ambulância, outra vez — disse Hanio consternado. — E depois?

— Depois?

— Qual foi o diagnóstico?

— Anemia perniciosa. O médico que lhe tirou sangue se assustou. Pudera: o sangue veio amarelado e totalmente aguado. Diz ele que nem sabe como conseguiu andar. Você estava em condições muito críticas, bem parecidas com as de um vendedor contumaz de sangue que não conhece limites. Mas você não parece ser um deles, a julgar pelas suas roupas. Sobretudo porque veio acompanhado da sua bela esposa.

— Ah, onde ela está?

— Ela é sua esposa, não?

— Onde ela está?

— Já foi para casa. Com certeza ficou sossegada ao ouvir do médico que uma internação em princípio por um mês, para tratamento com medicação hematopoiética e alimentação nutritiva, seria suficiente para a recuperação. Disse que deixara trabalho a fazer em casa e se foi, quase três horas atrás.

— Fiquei desacordado esse tempo todo?

— Imagine, isso seria muito grave. O doutor misturou narcótico junto com os nutrientes e os hematopoiéticos na injeção que lhe aplicou. De qualquer forma, o importante é repousar. Repouso absoluto. Não se mexa, e nem se excite.

— Mas… ela…

— Você tem uma esposa maravilhosa, muito prestativa e bonita. Aparenta saúde excelente, não é como você. Talvez ela tenha sugado as suas energias.

— …

— Pagou antecipadamente um mês de internação com cheque, até se preocupou comigo e me deu uma bela gorjeta… nem dá para imaginar que você esteja vendendo sangue.

Hanio fechou os olhos e permaneceu calado por certo tempo, mas de súbito algo lhe ocorreu e ele se ergueu de supetão.

— Que horror!

— O que foi? É repouso absoluto!

— Não importa, é um horror! Por favor, chame-a pelo telefone, depressa!

Hanio lhe passou o número da residência dos Inoue. Tomando o telefone de cabeceira, a enfermeira discou o número, advertindo com insistência que não se mexesse. Hanio aguardou inquieto. O peito começava outra vez a palpitar.

— Ninguém atende.

— Está chamando?

— Está chamando, sim, mas...

Lá fora, uma sirene de bombeiro soou tão logo a enfermeira devolvia o fone ao gancho.

— Oh, um incêndio! Estes dias, o tempo esteve seco demais, é perigoso.

Hanio ouviu calado a sirene se aproximar. Nisso, outra sirene se ergueu de outra direção juntando-se à primeira.

— Onde estamos? — perguntou de súbito.

— Como?

— Estou lhe perguntando onde se localiza este hospital.

— Hagikubo. Tem fama de ser o mais panorâmico, porque fica no ponto mais elevado da região. A internação será longa, mas você poderá desfrutar a bela paisagem proporcionada pelo hospital. É quase um hotel. Este quarto é também especial.

— Pode-se avistar daqui a direção do bairro X?

— Creio que sim. Fica do outro lado do parque, não?

— Sim. Por favor, olhe pela janela. O incêndio é daquele lado?

As sirenes se mesclavam, mais intensas. Advertindo-o novamente que não se mexesse, a enfermeira se dirigiu à janela, abriu uma fresta e espiou por ela.

— Oh, estou vendo fogo! É com certeza no bairro X! — exclamou.

O céu se avermelhava intensamente, a ponto de tingir o alvo uniforme da enfermeira. Impulsivamente, Hanio tentou se erguer da cama. Uma súbita vertigem o levou a perder os sentidos imediatamente.

25

Ninguém lhe informou mais nada sobre o incêndio, por muito que perguntasse.

Um homem à paisana, evidentemente um investigador, veio interrogá-lo com perguntas simples, na presença do médico. A verdade se tornara indisfarçável.

— O que você é da viúva Inoue? — perguntou o investigador, bafejando um hálito malcheiroso sobre a cama.

— O que sou? Sou apenas amigo dela.

— Passeava com ela quando desmaiou, e foi carregado até aqui, certo?

— Sem dúvida, mas o que tem isso…

Quando o médico lançou um olhar de advertência ao investigador, já era tarde. Ele revelou despreocupado:

— No incêndio de ontem, a viúva Inoue morreu queimada. Há boatos de que ela não se comportava bem, e as condições de sua morte, sozinha no meio do incêndio, são suspeitas. O filho único, sob a guarda de parentes, chorou tanto abraçado ao cadáver que deu até pena. Parece ser um menino muito aplicado, destacado nos estudos… Seja como for, você tem um álibi perfeito, não há problema. Basta que me responda algumas perguntas simples.

Ao ouvi-lo, Hanio estranhou as lágrimas brotando em seus olhos, em profusão. Justo ele, que jamais sentira tristeza pela morte, fosse de quem fosse!

— De qualquer forma, eu a amava! — protestou Hanio, tomado por uma intensa emoção.

— Não há problema envolvendo herança, ou coisa parecida?

— Não me faça perguntas cretinas!

O médico sussurrou algo no ouvido do investigador.

— Então passe bem — o investigador se despediu profissionalmente.

Curvando-se sobre Hanio no leito, o médico idoso lhe disse em voz tranquila:

— Muitas coisas aconteceram, eu sei, mas o primordial neste momento é tratar da saúde com tranquilidade e paciência. A internação já está paga, até em excesso. Aquela senhora queria que você se tratasse com calma e recuperasse suas condições tão logo quanto possível. Acho que esse é o seu desejo póstumo. Você é jovem ainda, não se deixe abater por uma infelicidade como essa, seja corajoso. Até medicamentos podem ser eficazes ou não, dependendo da disposição de ânimo de quem os recebe. O melhor culto que prestará à alma da senhora é voltar à nova vida um dia, vigoroso e bem-disposto. Bem, vou lhe aplicar um calmante.

O médico, magro como uma corsa velha, mais parecia um pastor, e atraiu a simpatia de Hanio. Mas ele se recordou de já ter ouvido aquelas mesmas palavras convencionais de encorajamento em algum momento de sua vida.

Isso mesmo. Foi quando recebera alta no pronto-socorro, após ter se envenenado. Quase as mesmas palavras, ditas em outro contexto. Palavras que encorajam temerariamente as pessoas à existência, a viver, sem a mínima complacência com as circunstâncias particulares!

26

De todo indiferente às preocupações de Hanio, seu corpo jovem se recuperava rapidamente, dia a dia. Segundo o médico, nem seria necessário um mês inteiro de internação, bastariam talvez duas semanas para a alta.

Certo dia, Kaoru veio visitá-lo de surpresa. Hanio não teve coragem de encarar o garoto, pois esperava dele amargas recriminações. Entretanto, o rapaz se mostrava bem-disposto. Foi franco e direto, ignorando a presença da enfermeira:

— Queria que você entendesse o quanto eu lhe sou grato, e vim aqui para isso.
Estão investigando detalhes, insistentemente, para descobrir se foi suicídio ou incêndio, natural ou provocado, mas, seja como for, mamãe morreu e isso é fato consumado.
Hoje, pensando bem, mamãe era uma mulher que, de qualquer forma, não podia continuar viva. Passei daí a entender que eu só precisava guardar com todo carinho a recordação dos dias felizes que vivemos, nós três juntos. Quero que pelo menos você continue vivo. Poderemos conversar de vez em quando, falar daqueles tempos. Porque, graças a você, mamãe conheceu pela primeira vez na vida o que é ser feliz, e assim morreu. Muito obrigado, mesmo!

Durante esse discurso, maduro para a idade, grossas lágrimas caíam dos grandes olhos de Kaoru sobre o seu uniforme escolar.

— Venha me visitar sempre, está bem? E traga qualquer problema, ouviu? — disse Hanio.

— Sim, obrigado.

— Eu tenho um pequeno pedido. Tenho comigo a chave do meu apartamento. Felizmente, eu a guardava sempre dentro do bolso da calça, no molho de chaves, assim não a perdi no incêndio. Se não for incômodo, poderia ir até lá verificar se está tudo bem? Eu lhe dou a chave.

— Ah, não! Você quer reabrir o seu comércio? Outra vez? O rapaz recuava.

— Já chega! Depois de tudo que aconteceu, você não desiste?

— Nada disso, é só para ver se está tudo bem. Deve haver correspondência enfiada debaixo da porta. Só queria que a recolhesse para mim.

Quando o rapaz saiu, após ter concordado, a enfermeira, que já perdera toda discrição com Hanio, perguntou:

— Mas que diabo você anda comercializando?

— Isso não lhe interessa.

— Mas você me despertou curiosidade.

— Sou garoto de programa. Entendeu?

— É mesmo? Seu preço deve ser muito alto para mim.

— Costumo fazer serviço grátis, para senhoritas.

— Oh!

A enfermeira arregaçou a barra do uniforme branco, deixando ver a liga branca da meia também branca e, acima dela, a carne da coxa, meio amarelada, como terra do interior.

— Então é esse o magnífico panorama proporcionado pelo hospital?

— Quem sabe? E você, já está em condições?

Em vez de responder, Hanio carregou a enfermeira para o leito…

Kaoru demorou a voltar.

Hanio se preocupou, mas ele voltou finalmente após o jantar e jogou a correspondência sobre o leito, dizendo:

— Mas que susto!

— Que aconteceu? Fale sem medo, a enfermeira já se foi e não vem mais ninguém hoje.

O menino estava ofegante.

— Eu abri a porta e estava juntando as coisas quando dois homens entraram de repente no apartamento.

— Eram japoneses?

— Sim. Por quê?

— Tive a impressão de que fossem estrangeiros. Bem, e o que aconteceu?

— Quase perdi a respiração quando me agarraram por trás e me perguntaram: "Foi você quem pôs o anúncio?" Mas o outro disse: "Não pode ser, ele é apenas uma criança." Então o primeiro voltou a falar: "Vigiamos vários dias, e finalmente agarramos uma criança?" O outro disse com uma voz assustadora: "É um garoto de recados. Vamos fazê-lo confessar de onde veio." Eu os enganei, dizendo que falaria, aí apanhei a correspondência e fugi…

De repente, o rapaz parou de falar e escancarou a boca, apavorado. A porta do quarto se abriu devagar, sem nenhuma batida.

27

— Quem são vocês?

Hanio interpelou com calma os dois homens que surgiram na porta aberta.

Dito assim, até causa impressão de dignidade, mas fato é que, para Hanio, morrer seria uma boa opção, caso os dois quisessem matá-lo ali mesmo, sem nenhum motivo justo. Sua alma ainda exsudava levemente a dor da perda da bela vampiresa e o desejo de segui-la, quem sabe nublando um pouco a imagem frívola e pragmática que fazia da morte. Contudo, nada disso importava. Motivações de um moribundo não interessavam a ninguém.

Um dos homens se encostara na porta para vigiar o interior do quarto, enquanto o outro tinha o olhar fixo em Hanio, sobre o leito.

O menino Kaoru se colara à parede atrás do leito, como se Hanio o estivesse protegendo com o próprio corpo.

Ambos os homens aparentavam trinta e poucos anos de idade. Não pareciam yakuza, a julgar pela sobriedade das roupas que vestiam. O olhar aguçado e o queixo quadrado faziam supor que eram militares ou policiais da reserva. A agilidade com que se moviam e o mau gosto que demonstravam no vestir reforçavam essa impressão. Hanio até poderia ensinar a um deles que não era de bom-tom usar gravata cinza-escuro borrado com paletó acinzentado.

— Ei! — o homem que aparentava ser um pouco mais velho chamou o comparsa que estava na porta do quarto, sem se voltar para ele.

Enquanto esse comparsa se aproximava, Hanio notou o cano preto de um revólver apontado na sua direção, entre os dedos do primeiro.

— Não se movam! Não gritem!… Você, garoto, se tentar gritar ou fugir, isto aqui vai dar conta do recado.

Até aí, nada era muito diferente do que costumava acontecer. Mas, para surpresa geral, o segundo homem, que veio se aproximando, pegou de súbito a mão esquerda de Hanio e se pôs a medir sua pulsação, meio aboletado sobre o leito.

Trinta segundos silenciosos se passaram.

— Quanto?

— Setenta e seis. São trinta e oito em trinta segundos.

— Está bem baixa.

— Vai ver a pulsação dele é mais baixa ainda em estado normal. Tem gente que chega a medir cinquenta.

— Está bem — disse o primeiro homem, encostando o frio cano do revólver no peito de Hanio, por sobre o pijama.

— Agora, vou disparar em três minutos. Se mexer o corpo ou gritar, puxo logo o gatilho. Ficando quieto, você tem três minutos de sobrevida.

Kaoru começou a chorar em silêncio.

— Calado! — o homem repreendeu-o em voz abafada.

Kaoru se agachou, soluçando.

A um comando de olhar do primeiro homem, o segundo se pôs outra vez a tomar a pulsação de Hanio. O silêncio retornou, escorrendo como água de negra correnteza.

— Quanto agora?

— Diminuiu! Está sessenta e oito! Que estranho!

— Não pode ser. Tente outra vez.

— Sim.

Até parece que estão me submetendo a um eletrocardiograma, pensou Hanio, cada vez mais calmo. Tudo aquilo lhe parecia ridículo, subtraía-lhe qualquer reação séria.

— E agora?

— Sessenta e oito, também.

— Espantoso, é um sujeito decidido! É a primeira vez que encontro alguém assim. Valeu a pena todo o trabalho de procurar — disse o primeiro homem, guardando o revólver no bolso interno do paletó.

E continuou, em tom bem mais cordial:

— Relaxe, por favor. Você passou no teste. Mas que surpresa! Tem nervos de aço! Belo desempenho!

O homem se afastou em busca de uma cadeira, e sentou-se ao lado do leito sem nenhuma cerimônia. Kaoru parou de chorar e ergueu-se das sombras do leito.

— Quem são vocês, afinal?

Hanio percebeu que o terceiro botão do pijama estava aberto e tratou de fechá-lo. Nisso, algo lhe picou a ponta do dedo. Extraindo o objeto, viu que se tratava de um reluzente grampo de cabelo azul-escuro. Com certeza, a enfermeira o deixara cair.

— Ora veja, conquistador, hein? — disse o primeiro homem com um sorriso malicioso, acendendo um cigarro.

— Estou perguntando quem são vocês.

— Somos clientes. Da sua loja.

— Como?

— Veja como trata clientes que vieram comprar "vida" em sua empresa de "Vende-se vida". Viemos como clientes da sua empresa. O que há de estranho nisso?

28

— Seria muito pedir para se comportarem de forma menos perigosa, ao efetuar uma compra?

Estupefato, Hanio também tentou acender um cigarro. O primeiro homem sacou o revólver, puxou o gatilho e levou a chama do isqueiro diante do nariz dele.

— Então o truque era esse?

— Ora, não se escolhem meios para testar.

O homem respondeu sorridente, dando a impressão de ser um tipo bonachão.

— Bem, garoto. Desculpe ter sido rude com você no apartamento. Estava em apuros, porque precisava agarrar este senhor Hanio o mais cedo possível. Somos clientes apenas, e já constatamos que, para o senhor Hanio, a vida é ainda mais leve que *komo*…[9]

— O que é *komo*? — perguntou Kaoru em voz baixa.

— *Komo* é *komo*, ora essa! Não sabe nem o que é isso? Esses colegiais de hoje! É por isso que digo: a educação japonesa não presta para nada… De qualquer forma, você já pode ir embora. Não precisa se preocupar com a segurança do senhor Hanio, e tampouco estamos violando a lei. Mas é bom não ir à polícia para nos denunciar. Qualquer besteira, e esse revólver-isqueiro poderá funcionar como uma verdadeira arma. Você não ficará muito feliz de ir para a escola com um buraco aberto na barriga.

---

9. Em japonês arcaico, pluma de ave; em sentido figurado, algo extremamente leve.

— Se vocês me abrirem um buraco na barriga, eu poderia tapá-lo com uma lente e cobrar dez ienes a espiada. Quem sabe eu conseguisse ganhar um bom dinheirinho extra.

— Deixe de bobagens e vá logo para casa.

— Até logo.

Kaoru se despediu baixinho, lançando olhares aflitos na direção de Hanio, que lhe respondeu:

— Não se aflija. Você também foi muito brusco quando veio à minha loja. Volte para casa sossegado, em breve nos falaremos.

— Está bem.

O vulto de Kaoru desapareceu porta afora.

— Um garoto como esse foi seu cliente?

— Não, foi a mãe dele quem comprou a minha vida.

— Vejam só! — O primeiro homem se mostrou surpreso. O segundo, finalmente mais calmo, puxou outra cadeira e se sentou calado.

— Seja como for, se temos de conversar sobre assuntos tão graves que não devem ser ouvidos pelo garoto, sugiro fazê-lo tomando um trago. O médico me recomendou beber, sou um doente afortunado.

Hanio extraiu debaixo do leito uma garrafa de uísque escocês e, com o lençol, limpou grosseiramente alguns copos empoeirados e entregou-os aos seus clientes. Os dois ouviram enojados o uísque cair pelo gargalo da garrafa.

Os três ergueram os copos em um brinde e beberam em silêncio.

— Vamos aos negócios. Duzentos mil ienes de recompensa, em caso de sucesso, e vinte mil ienes de adiantamento, em caso de insucesso. O que acha?

— O sucesso se dá com a minha morte. Em outras palavras, a despesa dos senhores se limita de todo jeito aos vinte mil ienes de adiantamento, certo?

— Não tire conclusões apressadas. O negócio, se for bem-sucedido, lhe dará a possibilidade de sair com vida e com os duzentos mil ienes.

— Expliquem-me, por favor.

Hanio se sentou no leito com as pernas cruzadas e se prontificou a ouvir, bebericando uísque.

29

— Bem, deixe-me ver por onde começo…

O primeiro homem iniciou. Em seu rosto, rugas de sorriso nos cantos dos olhos atestavam sem sombra de dúvida uma personalidade bonachona e uma vida sofrida.

— Não vamos revelar nossos nomes nem nossa profissão. Temos esse direito, pois compramos a sua vida. Só me escute. Somos japoneses legítimos, mas essa história está relacionada a duas embaixadas de dois certos países.
Digamos que um seja A e o outro, B. A esposa do embaixador do país A, uma notória beldade, convidou certa noite embaixadores de diversos países para cear na embaixada do seu.
Era uma atividade rotineira, como seria para nós convidar amigos para uma partida de *mahjong*. Nesse evento, a senhora se apresentou com um vestido longo, verde-esmeralda, e foi receber os convidados. Seria uma festa de gala, aguardava-se a presença do príncipe imperial, e ela se pôs a caráter.
Não podemos revelar a natureza do nosso relacionamento com essa embaixada.
Falar em vestido verde-esmeralda, com bordados da mesma cor, leva qualquer um a supor acessórios de esmeralda. E, de fato, a esposa do embaixador de A possuía um belíssimo colar de esmeraldas, uma joia muito preciosa de trinta e cinco belas esmeraldas intercaladas a pequenas pedras de diamante. O baile da noite se iniciou com o salão escuro, os visitantes se entregaram à dança, a *soirée* chegava ao fim. Foi quando se descobriu que o colar desaparecera do pescoço da senhora.

Ela se manteve perfeitamente controlada, tanto que os convidados nem se deram conta de nada. E aqueles que porventura notaram imaginaram com certeza que ela tivesse removido o colar no meio do baile.

A metade deles se retirara com o baile ainda em andamento, portanto o salão estava quase deserto ao findar.

A senhora, ligeiramente empalidecida, despediu-se bravamente de todos com um sorriso, um por um, até o último convidado. Depois, lançou-se soluçando ao peito do marido.

"Meu Deus! Meu Deus! Roubaram meu colar!"

Um roubo espetacular, já que a joia era estimada em algumas dezenas de milhões de ienes. Tendo desaparecido de uma hora para outra, enquanto os convidados eram recebidos, urgia protegê-los de qualquer constrangimento.

"Como?", foi tudo que o embaixador conseguiu dizer, empalidecendo também.

Diga-se de passagem, o embaixador não é avarento, de forma alguma.

Possui um patrimônio considerável em sua terra natal, dizem até que a embaixada, para ele, era apenas um investimento por puro passatempo. Enfim, não é homem que se abale com o extravio de um colar.

Havia um grave problema, que o embaixador ocultara até da esposa.

Sobre isso, preciso começar explicando o que é essa pedra, a esmeralda.

Em geral as pedras preciosas são apreciadas por sua transparência, seu principal atributo. Mas não a esmeralda. A esmeralda natural possui fissuras.

O verde-marinho das esmeraldas se deve às fissuras. E é a conformação dessas fissuras que torna a esmeralda uma obra de arte. Talvez se possa dizer que a esmeralda difere, por exemplo, do diamante por ser uma pedra carnal. Porque se tênues fissuras enfumaçadas dão vida à pedra esverdeada, isso não deixa de lhe conferir certo mistério orgânico.

O embaixador, ao presentear a esposa com o colar, misturara entre as pedras uma esmeralda artificial, apenas uma.

Tratava-se de uma magnífica gema artificial muito bem elaborada, indistinguível lado a lado das outras trinta e quatro pedras, quer pela conformação das fissuras, quer pela cor.

Entretanto, essas minúsculas fissuras continham a chave para a decodificação de mensagens secretas que o país A enviava diretamente ao embaixador. Bastava jogar sobre a mensagem a luz refletida pelas microscópicas fissuras enfumaçadas para torná-la inteligível.

Sabia-se que as mensagens telegráficas do país A estavam sendo espionadas de algum lugar. Por isso, o embaixador, tendo cogitado medidas diversas, tomara finalmente a decisão de esconder o decodificador de mensagens dentro da esmeralda, no colar da esposa. Depois, mantivera o colar sob a sua guarda, retirando-o do cofre apenas quando ela fosse usá-lo em *soirées*.

A esposa, naturalmente, desconhecia esse segredo.

Dizia ela ao marido completamente transtornado:

"Mas quem poderia ser? Quem furtaria o meu colar com tanta ousadia, sem eu perceber? São todos embaixadores, cavalheiros e damas da alta sociedade japonesa."

"Quando acha que o roubaram?", perguntou o embaixador com voz até trêmula.

"Só pode ter sido enquanto eu dançava com alguém."

"Você dançou com quem? Com quantas pessoas?"

"Com cinco, talvez seis pessoas, creio."

"Pense bem. Com quem foi?"

"Deixe-me ver, o primeiro foi o príncipe imperial."
"Vamos deixá-lo de fora. Quem mais?"
"Depois, o ministro japonês, do Exterior."
"Bem improvável. E depois?"
"O embaixador do país B."
"Ah, pode ter sido ele." O embaixador do país A mordeu os lábios.

A suspeita era justificada, uma vez que os países A e B travavam uma guerra de espionagem em plena Tóquio.

A façanha de tirar o colar do pescoço alvo e macio da senhora num ambiente às escuras, com música transbordante e no meio de uma multidão, não teria sido problema para o embaixador de B, homem corpulento e gordo, mas com dedos surpreendentemente delicados.

O embaixador e a esposa passaram a noite perplexos, sem conseguir decidir se levariam o caso ao conhecimento da polícia. Mas na manhã seguinte um criado trouxe ao casal insone um envelope de papel pardo sobre uma bandeja de prata.

"Encontrei isto hoje cedo, na caixa de correspondência."

Abrindo o envelope, lá estava o colar.

Nem é preciso dizer a alegria da senhora ao vê-lo.

"Era brincadeira! Mas partindo de um embaixador, seja ele quem for, é falta de decoro provocar sofrimento às pessoas!"

"É o seu colar, tem certeza?"

"Sim, sem dúvida!"

O embaixador expôs ao sol da manhã o belo colar de trinta e cinco gemas de esmeralda, balançando-o entre as mãos. Ele procurava uma em particular. E logo percebeu. A gema havia sido substituída por uma esmeralda natural.

30

— Tivesse o embaixador revelado o segredo à mulher nessa hora, talvez houvesse obtido algum alívio — continuou o primeiro homem. — Nesse ponto, porém, ele era um cavalheiro à moda antiga, deveras discreto. Muito embora as tarefas de embaixador exigissem a dedicação conjunta do casal ao serviço público, ele guardava para si mesmo segredos essenciais, por índole.

O embaixador telegrafou imediatamente a seu país solicitando a alteração do código das mensagens cifradas, uma vez que a chave de decodificação fora roubada.

Isso resolveria, para o futuro.

Entretanto, se as mensagens até então interceptadas fossem decifradas e viessem a público, trariam sérias consequências internacionais. E isso aconteceria fatalmente, já que o adversário roubara a esmeralda obviamente ciente do seu segredo.

O embaixador raciocinava: se a mensagem decifrada viesse a público no dia seguinte, tudo estaria terminado. Se, porém, tardasse um dia, haveria espaço para negociação. Se fossem dois dias, o espaço seria ainda maior, pois dava a entender que, por alguma razão, o adversário se vira impedido de divulgá-la, talvez por temor de represália ou outra razão qualquer.

Fosse o que fosse, recuperar todas as informações roubadas era quase impossível. Decerto, muitas cópias devem ter sido feitas e enviadas ao outro país, e de nada adiantaria recuperar parte delas.

O embaixador estava em dificuldades.

Outro recurso não lhe restava senão aguardar o próximo movimento do adversário, pisando sobre gelo fino a cada dia que passava.

Mas restava uma última saída: roubar o decodificador do adversário, semelhante a uma esmeralda. Então poderia negociar. Suas mensagens também haviam sido interceptadas por A, mas permaneciam indecifráveis até o momento.

Decidiu contra-atacar sem perda de tempo. O problema era onde encontrar esse decodificador.

O país B tinha conseguido com sucesso não apenas descobrir a chave do código escondida com tanto sigilo na esmeralda, como também roubá-la. Não causava surpresa, tratando-se de B, país famoso pela formidável rede de espionagem que possui. Mas A também tem sua rede de espionagem, bastante confiável, e se ainda não conseguira roubar o decodificador de B, fora certamente por puro descuido.

O embaixador ordenou que procurassem e roubassem o decodificador no prazo de dois dias.

Os espiões de A bisbilhotavam já há certo tempo a embaixada de B, mas nada havia de anormal nela, em comparação com as outras embaixadas, exceção feita a uma única excentricidade: o hábito do embaixador de B de estudar até altas horas na biblioteca, quando então decodificava, provavelmente, as mensagens de seu país. O embaixador pelo visto adorava cenouras. Corria o boato de que ele mantinha sobre a mesa cenouras cruas cortadas em palitos, uns vinte enfiados em um copo, que ele salgava e comia quando lhe apetecia. Essa informação fora conseguida de uma loja que fornecia verduras de primeira qualidade à embaixada de B, inclusive cenouras, sempre presentes nas entregas. Cenouras e decodificação de mensagens ultrassecretas — uma combinação sem dúvida disparatada e até cômica.

Contudo, o mais hábil dos agentes de informação de A desconfiou que havia algo estranho nessa coincidência.

Vamos chamar esse agente de X1. Ele nasceu em um pequeno país da Europa e recebeu treinamento completo de agente de espionagem em A. Não tem nacionalidade, mas possui oito currículos falsos.

Antes de se infiltrar na embaixada de B, ele teve um encontro com o embaixador de A.

"Pretendo descobrir esta noite o código e entregá-lo ao senhor."

"Já definiu o alvo?"

"Vou provar a cenoura da embaixada de B", disse ele com um sorriso confiante.

Foi a última vez que o embaixador de A viu X1.

Ele foi encontrado morto na embaixada de B.

A embaixada anunciou que um criminoso de identidade desconhecida havia invadido suas dependências e se suicidado, ingerindo cianeto de potássio. O caso fora dado por encerrado.

Dias se passaram, e como a embaixada de B não tornava públicas as mensagens interceptadas de A, o embaixador desse último país sentiu certo alívio, mas era óbvio que não estava de todo tranquilo.

Decorrido um mês ou, quem sabe, até um ano, o país B poderia escolher um momento politicamente mais apropriado para divulgá-las.

O embaixador de A conseguiu infiltrar outro agente, X2.

Este simplesmente desapareceu.

Entretanto, ele também se encontrara em um momento prévio com o embaixador de A, e teria dito, como o agente X1:

"Será necessário provar a tal cenoura."

Outro, X3, encontrou a mesma sorte.

O embaixador de A não deixava de sentir a gravidade da situação. O problema estava sem dúvida nas cenouras. Aparentemente, o embaixador de B continuava deixando de forma despreocupada sobre a mesa, todas as noites, cenouras cruas em palito. E, com certeza, quem fosse lá provar as cenouras morria envenenado por cianeto de potássio, tão logo experimentasse um dos palitos do copo. Dos vinte palitos, um ou dois, quem sabe, não estavam envenenados. Só o embaixador os distinguia e comia com gosto. Aí estava provavelmente a chave da decodificação, mas não havia como distinguir o palito de cenoura não envenenado do conjunto de vinte palitos. Além disso, os três agentes mortos exigiram vultosos investimentos para serem preparados; eram especialistas, constituíam, por assim dizer, uma espécie de patrimônio cultural intangível. O embaixador de A não podia se dar ao luxo de sacrificar outros além deles.
Então a escolha recaiu em você.
Só você será capaz de se infiltrar, descobrir e provar a cenoura não envenenada, e conseguir a chave da decodificação.
— E então? Como vê, somos japoneses legítimos, mas recebemos muitos favores especiais de A. Queremos retribuir, comprando a sua vida.

— Mas vocês receberão uma vultosa recompensa, se tudo der certo, não?

— Claro que sim. Do contrário, não estaríamos aqui, perseguindo você feito gângsters na nossa idade.

— Entendi. — Hanio expeliu despreocupadamente a fumaça do cigarro em direção ao teto.

— A probabilidade é de um em vinte. Alguma esperança de sucesso?

— Espere um pouco… — Hanio ponderava cuidadosamente. — A embaixada de A ainda conserva as mensagens ultraconfidenciais de B, secretamente interceptadas?

— Sem dúvida.

— Concluo, por minhas deduções, que isso não tem valor algum.

— Como não? Basta encontrar o código.

— Não. Antes disso, o problema é o formulário. A embaixada de A possui o formulário que a embaixada de B utiliza para receber os telegramas?

— Não estou certo…

— É preciso verificar. Tudo para amanhã. Posso estar morto amanhã e, por isso, quero dormir bem esta noite. Agora, peço que se retirem. Venham me buscar pela manhã.

— Nada disso. Vamos passar a noite aqui. Não quero que fuja.

— Bem, façam como quiserem. Vocês pregarão um susto na enfermeira, que virá amanhã cedo tirar a minha temperatura. Direi a ela que são parentes, que vieram me visitar e passaram a noite aqui. Arre, que parentes chatos! De qualquer maneira, um de vocês terá de ir à embaixada de A para se certificar de que ela possui o formulário utilizado pela embaixada de B. Tudo depende disso. — Hanio estava seguro de si. Esboçou um grande bocejo, deitou a cabeça sobre o travesseiro e pôs-se a roncar.

— Esse cara tem mesmo tutano! — Os hóspedes se entreolharam estupefatos.

31

O dia seguinte amanheceu claro e agradável, tipicamente primaveril. Hanio, que forçara o médico a lhe dar permissão para sair, fazia a barba diante do espelho com toda a tranquilidade, sem a presença do primeiro homem, que tinha ido à embaixada.

O segundo homem se tornara subitamente loquaz sem o primeiro, mas vinha com uma conversa cem por cento corriqueira. Era de se perguntar como conseguia falar de assuntos tão banais.

— Ahá! Comportando-se como um perfeito samurai diante da morte? Belo comportamento…

Consumiram no desjejum o pão cremoso que Hanio pedira à enfermeira que comprasse. Um creme vistosamente amarelado espirrava do ventre do pão, mordido pela ingênua boca do homem.

Hanio descobria aspectos risíveis da vida, como há muito tempo não acontecia. Por suas deduções, muito embora ainda não comprovadas, agentes de uma grande nação como A estavam perdendo a vida deliberadamente por um descuido idiota, jamais visto.

Seu rosto surgiu rejuvenescido e radiante após a barba feita e a loção aplicada, deixando-o embevecido consigo mesmo. Rosto de garoto rico e mimado, de vida mansa e irresponsável. Assim lhe pareceu. Fora da janela, as cerejeiras ainda meio desabrochadas balançavam ao vento.

O primeiro homem regressava ofegante.

— Está tudo bem. Eles tinham os formulários. Os agentes de A não são tão preguiçosos, afinal. Mas, de qualquer maneira, será indispensável passar por uma entrevista com o embaixador de A antes de iniciar a perigosa missão.

— A que horas posso vê-lo?

— Diz ele que poderá recebê-lo entre dez e onze horas.

— Lembrei-me agora — disse Hanio consultando o relógio de pulso. — Preciso antes passar rapidamente em um lugar. Chegarei às dez e meia.

— Aonde quer ir? Veja, tem espuma atrás da sua orelha.

— Obrigado.

Mesmo irritações comezinhas não perturbavam Hanio naquela manhã. Esfregando a orelha com uma toalha e, em seguida, o rosto também, notou que a toalha vinha com pequenas manchas vermelhas. A lâmina do barbeador havia produzido pequenos ferimentos.

A cor do sangue lhe trouxe à memória a vampiresa. Com certeza jamais voltaria a experimentar aquela sensação doce e melancólica de estar imerso no ofurô da morte. Afinal, não teria sido ela quem lhe vendera a vida?

— Aonde quer ir? — perguntou outra vez o primeiro homem.

— Não me faça perguntas, por favor. Não é nada, só quero fazer algumas compras. Você sabe, um homem precisa se preparar para morrer.

O primeiro homem fechou solenemente a boca. Hanio achou graça.

No hall do hospital, a enfermeira lhe disse:

— Nada de extravagâncias, é sua primeira saída. Não recebeu alta ainda, entendeu?

— Mas já recuperei cem por cento a saúde. Você mesma comprovou isso ontem — respondeu Hanio, levando um beliscão da enfermeira no braço.

Até mesmo a dor do beliscão parecia faiscante à luz da primavera lá fora. Os três homens seguiram pelo amplo declive em direção à cidade, alegres e ao mesmo tempo tensos como se estivessem indo a um *derby*.

— Vamos passar numa loja de comestíveis de alta qualidade, onde haja verduras limpas. Teremos de ir até Aomori.

Os três tomaram um táxi.

No panorama da cidade, que Hanio observava pela primeira vez após um longo tempo, nada sugeria a morte. Mergulhadas até o pescoço no cotidiano da vida, as pessoas caminhavam, por assim dizer, com ares de tsukemono. "Em comparação, eu seria um picles azedo", pensou Hanio. Picles não deixava de ser tsukemono, mas servia apenas de tira-gosto, não tinha nada a ver com o arroz das refeições cotidianas. "O que fazer?, é o meu destino."

Na loja K, os dois homens observavam com o rosto sério enquanto Hanio comprava cenouras já cortadas em palito, acondicionadas em sacos de vinil embranquecido pelo gelo do freezer.

— É só isso que quer comprar?

— Só. Bem, vamos à embaixada de A.

Tiveram de entrar pela porta dos fundos da magnífica embaixada caiada, o que arranhou um pouco o orgulho de Hanio.

Seguiram depois pela cozinha e subiram por uma escada suja. Ao abrirem uma porta, deram de repente com uma ampla biblioteca eduardiana.

Os dois homens se puseram em posição de sentido.

Eles haviam avistado o embaixador sentado atrás da mesa, com a cabeça grisalha firmemente erguida.

— Trouxemos o homem do qual falamos — disse o primeiro homem.

— Bom trabalho. Sou o embaixador de A.

Ele estendeu a mão para cumprimentar Hanio sem mais formalidades. Ao apertá-la, Hanio teve a sensação de segurar flores secas, uma sensação ao mesmo tempo de fragilidade, quebradiça ao aperto, e de espinhos profusos, que feriam a palma de sua mão.

— Aqui está o adiantamento. Receba, por favor.

O embaixador apanhou o cheque preparado em cima da mesa, preencheu rapidamente o valor de duzentos mil ienes e assinou, entregando-o ainda com a tinta fresca a Hanio.

— Muito bem, ao trabalho. O formulário da embaixada B está com o senhor?

— Ei-lo. Já o deixei preparado.

— Poderia datilografar uma mensagem telegráfica interceptada, de forma que caiba inteiramente nele?

— Está bem.

O embaixador apertou a campainha e chamou o datilógrafo, entregando-lhe o formulário e a mensagem.

— Tenho aqui uma cópia da mensagem. Leia, por favor.

Hanio a conferiu rapidamente, mas nada entendeu, mesmo traduzindo-a para o japonês. Uma mensagem de fato disparatada.

Enquanto aguardavam o datilógrafo, os dois homens, Hanio e o embaixador permaneceram sentados, um defronte ao outro, sem trocar palavra. O retrato de um grande estadista de A enfeitava a parede. Uma estante de livros, repleta de obras luxuosas, entre as quais uma coletânea completa das obras de Disraeli, cercava a mesa. No entanto, o ambiente exalava um odor algo adocicado, persistente, dir-se-ia o odor físico de um estrangeiro.

Uma datilógrafa de meia-idade, de ombros quadrados e aparentando indiferença, trouxe o formulário datilografado e saiu em seguida.

— Bem… — disse o embaixador.

— Bem… — repetiu Hanio, extraindo do saco de vinil ainda frio um palito de cenoura e enfiando-o sem mais na boca.

32

A cor avermelhada da cenoura se deve ao caroteno, base da vitamina A, e, de fato, a cenoura possui vitamina A em profusão.

O único elemento destrutivo que porventura existe na cenoura poderia ser a ascorbinase, que destrói a vitamina C.

A cenoura não contém absolutamente nenhum amido. Portanto, a ptialina, enzima presente na saliva que transforma o amido em maltose, não produz efeito direto na cenoura.

Provavelmente os dois elementos independentes, a ascorbinase e a ptialina, estariam reagindo, concatenados de forma mútua, com compostos químicos impregnados no formulário de tal forma que a ptialina reagia onde a ascorbinase deixava de reagir, e vice-versa, a ascorbinase reagia onde a ptialina não. Os compostos químicos poderiam estar distribuídos habilmente sobre o formulário para permitir esse efeito.

Hanio mastigou bem a cenoura e cuspiu-a sobre a mensagem telegráfica. Num instante, letras decodificadas começaram a surgir entre as palavras da mensagem.

— Espantoso!

O embaixador se pôs a ler absorto.

— Uhu, uhu… — fazia o embaixador acenando com a cabeça. — Você tem mais cenouras? Tenho muitas outras mensagens que precisam ser decodificadas. Agora estou salvo! Com isso posso negociar com o país B. Não poderão me contestar, estamos empatados.

Hanio mastigava ainda.

— Um pouco de sal seria bom… isto é tira-gosto para beber, não? Poderia me servir um uísque?

— Bebida eu lhe dou depois, quanto quiser. Agora, é preciso tomar cuidado com as reações químicas.

Cheio de esperança e com os olhos brilhantes de alegria, o embaixador observava Hanio mastigar as cenouras ruidosamente, feito um cavalo.

33

Tendo besuntado todas as mensagens telegráficas interceptadas com o extrato pegajoso da cenoura mastigada, Hanio foi conduzido a outra sala onde recebeu um cheque adicional de dois milhões de ienes. Os dois homens receberam também seus cheques. A alegria transparente em seus rostos indicava que os valores eram com certeza bastante satisfatórios.

O embaixador serviu pessoalmente o uísque a Hanio.

— Mas como você conseguiu esse estrondoso sucesso sem nem sequer arriscar sua vida? É o que lhe pergunto. Gostaria que me ensinasse.

Hanio se dispôs a responder, e pediu ao primeiro homem que lhe servisse de intérprete, uma vez que sua proficiência em inglês era insuficiente para complexidades. Com ar convencido, o homem se interpôs entre o embaixador e Hanio e passou a interpretá-lo em inglês fluente, algo inesperado para alguém de aparência tão rude. E também excluiu devidamente as expressões muitas vezes indelicadas que Hanio usava em sua linguagem desenfreada.

— Seu país não é nada esperto. Sacrificou três agentes preciosos, só isso representou com certeza um prejuízo de milhões de ienes, mas, pensando bem, quem sabe a morte de agentes idiotas como esses, seja quantos forem, seja até um bem para o país. Mas a culpa é sem dúvida dos senhores, que representam a elite da inteligência, e se deixaram levar pela ganância, esquecendo-se dos mais simples fundamentos para se perder em detalhes.

Pois veja só.

Os três agentes estavam certos quando se infiltraram um após o outro na embaixada de B para provar cenoura. Até aí, não houve falha na investigação.
Mas os senhores me mostraram uma reportagem em um jornal. O que ela dizia?

"Assaltante burro na embaixada do país B come cenoura envenenada e tem morte instantânea"

Era o que dizia a manchete. Uma porção de cenoura envenenada por cianeto de potássio foi encontrada na boca do agente. Segundo a explicação fornecida pelo embaixador de B, "uma ração envenenada para experiências com animais havia sido deixada por descuido em cima da mesa, e o assaltante, esfomeado, a comeu". Essa explicação provocou gargalhadas por toda parte, não foi?
Com isso, vocês caíram em uma armadilha. A morte do segundo agente foi a mesma coisa.
Logo se concluiria que o embaixador de B estava deixando, todas as noites, cenouras envenenadas em cima da mesa, com toda a desfaçatez, à espera do próximo assaltante.
No entanto, alguém viu de fato o primeiro agente ingerir a cenoura e morrer? Ele pode ter sido forçado a enfiar a cenoura na boca.
Isto é, o país B pretendia fazer crer que era necessária uma cenoura "especial" para decodificar as suas mensagens, e que seria extremamente difícil distinguir a cenoura sem veneno da cenoura envenenada. Tudo armadilha psicológica.
Isso eu percebi assim que ouvi a história.
Por que pensaram que "uma cenoura comum não faria diferença"?

Até uma criança pensaria nisso. No entanto, os senhores complicaram o raciocínio e dessa forma perderam vidas.

Assim, vim decidido a agir em duas etapas. De início, tentaria com uma cenoura comum. Nove em dez, isso bastaria, mas se não funcionasse, testaria a cenoura envenenada com cianeto de potássio, e poderia até morrer inutilmente por isso. Quando se põe a vida em jogo, comer cenoura não é nada.

Confesso agora que detesto cenouras.

Aquele vermelho-amarelado campesino, aquele cheiro, especialmente quando crua, me causam arrepio.

Na minha infância, quando via o meu pai, que eu detestava, mastigando ruidosamente uma cenoura crua, pensava comigo mesmo que acabaria me transformando num cavalo se fizesse aquilo, e jurei nunca comer em toda a minha vida coisas tão vulgares como aquela, não eu. Creio que com o tempo isso se transformou em rejeição biológica.

Desde então, sempre que via, por exemplo, um ensopado de carne com cenoura, sentia mais nojo do que me dá uma latrina suja. Se via nas livrarias um livro com a palavra "cenoura" no título, me espantava a insensibilidade do autor.

Se me dissessem para escolher neste momento entre ser fuzilado e comer cenoura, eu certamente preferiria o fuzilamento, mas minha vida não me pertence mais, é dos senhores, que são os compradores. Assim, eu lhes ofereci o espetáculo de comer cenouras, que para mim é pior do que morrer.

Acreditem, dois milhões de ienes é até barato.

E, agora, gostaria de recomendar especialmente ao senhor embaixador de A que abandone doravante o raciocínio complexo. Embora não pareça, tanto a vida quanto a política são coisas simples e superficiais. Se bem que só alcançamos essa percepção quando estamos preparados para enfrentar a morte a qualquer momento. A avidez pela vida faz com que tudo pareça misterioso e complicado.

Bem, eu me despeço por aqui. Creio que não voltaremos mais a nos ver.

Assumo a responsabilidade de guardar segredo sobre essa missão. Por isso não procure enviar seus agentes, dos quais tanto se orgulha, para investigar a minha vida.

E também não creio que surja nova oportunidade de eu lhe ser útil, assim, peço-lhe que não volte a me contatar.

Não tenho nenhum interesse por problemas políticos como esse, de confronto entre país A e país B. Os senhores vivem se "confrontando" porque não têm mais o que fazer.

Bem, até logo.

O primeiro homem mal acabara de interpretar Hanio e ele já se afastara até a magnífica porta, de onde se curvava respeitosamente.

34

Retornando ao hospital, Hanio juntou com pressa seus pertences e voltou para o apartamento, cuidando para não ser seguido. Imediatamente começou a empacotar tudo que tinha.

— Então é a despedida. Agora que recuperou a saúde, pelo jeito vai embora? Que pena, sentirei saudade. Mas não posso lhe devolver o aluguel do resto do ano que me adiantou.

— Ah, guarde para você.

— Parece que você ganha muito bem, hein? E é jovem ainda... — disse o zelador invejoso, mexendo a língua na boca. Deixara, quem sabe, restos de comida presos em algum canto da boca para ruminá-los depois feito boi.

A bagagem era pouca. Hanio não tinha o costume de ler e, por princípio, descartava as roupas gastas pelo uso. Sendo assim, bastou juntar a mobília e acondicionar o resto em três caixas grandes de papelão, inclusive o boneco de rato com o qual jantara uma vez. Atirou-o em uma das caixas.

A caminhoneta que fretara aguardava em frente ao apartamento. Na casa do outro lado da rua, a cerejeira na lateral do portão exibia umas poucas flores miseráveis, nem dez talvez, que o motorista apreciava distraído, como se estivesse num *hanami*.[10]

Não fez menção de ajudá-lo, por isso Hanio teve de descer sozinho a mobília do apartamento, peça por peça.

---

10. Piquenique realizado para se apreciar as floradas.

Aparentemente, seu corpo ainda não recuperara por completo o vigor, ou quem sabe a cenoura não lhe tivesse feito bem, pois suava em abundância só por ter descido duas cadeiras.

O zelador se escondera em algum lugar para não ter de socorrê-lo.

Com enorme dificuldade, Hanio carregava a mesa nas costas, mas sentiu de repente que o peso aliviara na metade da descida da escada. Surpreso, viu que o primeiro homem havia tomado a mesa sobre os ombros.

— Deixe-me ajudá-lo. Você está convalescendo, não precisa...

Enquanto falava, o segundo homem, galgando agilmente escada acima, gritava:

— Já posso descer esta caixa, não?

Toda a carga foi transportada e, num instante, perfeitamente acomodada à caminhoneta.

— Puxa, muito obrigado! Mas eu pedi que não me seguissem mais.

— Não temos essa intenção. Queremos apenas demonstrar nossa gratidão. As pessoas que nos ajudam, bem sabemos, tentam fugir de nós com o rabo entre as pernas, todas elas. Não vamos mais perturbá-lo, nunca mais. Mas se estiver em dificuldades, nos chame a qualquer momento. Viremos correndo ajudá-lo.

— Com os seus revólveres, imagino.

— Mas é claro.

O primeiro homem respondeu com firmeza, estampando no rosto uma expressão de ingênua honestidade. Ele passava às mãos de Hanio seu cartão, no qual constava o nome: "Makoto Yamauchi", com endereço e telefone. O cartão não mencionava qualificações.

Depois, com o rosto tomado por um sorriso amplo e amigável, perguntou:

— E vai se mudar para onde?

— Essa pergunta é proibida. Mesmo porque nem eu sei — respondeu de forma seca, e subiu à cabine, ao lado do motorista.

A caminhoneta se pôs preguiçosamente em movimento, deixando os dois homens agitando as mãos debaixo da cerejeira.

— Para onde? — perguntou o motorista meio distraído.

— Setagaya — respondeu ao acaso.

Na verdade, não tinha para onde ir.

Levava no bolso um cheque de dois milhões de ienes e outro de duzentos mil ienes.

Observando a cidade poeirenta na primavera, Hanio fez um balanço dos rendimentos do negócio que havia iniciado.

Cem mil ienes, do primeiro ancião.

Quinhentos mil ienes, do caso da mulher que se suicidara.

Duzentos e trinta mil ienes, do filho da vampiresa.

Dois milhões e duzentos mil ienes, agora.

Ou seja, tinha conseguido lucrar em um piscar de olhos o total de três milhões e trezentos mil ienes. Em média, um milhão de ienes por mês. Não deixava de ser um bom negócio. Uma renda dez vezes superior à da época de *copywriter*.

Desperdiçara dinheiro no apartamento, mas com tudo que ganhara poderia garantir por certo tempo uma vida faustosa.

Cantores populares e estrelas de cinema, é claro, deveriam ganhar muito, muito mais, mas também tinham despesas maiores. De forma alguma poderiam se entregar à vida fácil de Hanio, que, tomando a vida por objeto, entregava-se confortavelmente aos cuidados de terceiros ou dava seu sangue para outro sugar.

Seja como for, dir-se-ia que chegara o momento de tirar férias do "Vende-se vida". Teria uma vida tranquila por algum tempo, e se por pura indolência resolvesse continuar vivendo, também poderia, por que não? Mas se lhe voltasse o desejo de morrer, bastaria reabrir o negócio.

Nunca se sentira tão livre.

Não podia entender a mentalidade das pessoas que se metiam a casar para passar a vida inteira amarradas, ou que se empregavam para trabalhar sob ordens, feito serviçais.

Poderia até recorrer ao suicídio, caso se visse em aperto após gastar tudo.

Suicídio…

Ao pensar nisso, a alma de Hanio sentiu algo como uma ânsia de vômito.

Só o suicídio lhe aborrecia, já que falhara uma vez. Parecia-lhe fastidioso como levantar-se para apanhar um cigarro ali diante do nariz, quando se está entregue à doce preguiça, quando vontade de fumar é o que não falta mas erguer-se para buscar o cigarro, sabidamente fora do alcance da mão, afigura-se tão maçante quanto atender alguém que pede ajuda para empurrar um carro enguiçado. Em suma, suicídio é isso.

— Em que lugar de Setagaya? — perguntou o motorista enquanto seguia pela Kan-nana.[11]

— Que lugar? Ora, pare um instante onde haja uma imobiliária ou corretora por perto.

— Espantoso! Então o senhor não sabe ainda para onde vai se mudar?

— Não.

---

11. Rodovia municipal 318, sétima via circular de Tóquio.

— Espantoso! — disse o motorista, sem entretanto mostrar cara de espanto.

Na esquina da rua que dá na estação Umegaoka surgiu uma corretora em cuja porta de vidro se viam anúncios de casas e quartos para alugar.

— Lá está. Pare lá mesmo. Dá para estacionar em frente.

— Sim — respondeu o motorista com a boca semiaberta e a voz anasalada.

Hanio abriu a porta e entrou.

— Olá!

Uma mulher branca e gorda, na faixa dos cinquenta anos, examinava alguns papéis sentada a uma mesa.

Em um canto da sala, via-se um conjunto de sofás que deixava à mostra a palha do estofamento. Havia um vaso com rosas artificiais e, pregado na parede, um mapa das redondezas.

— Queria um quarto para alugar, se possível em uma edícula ou algo assim, que me permita entrar e sair livremente. Um lugar que ofereça refeições.

— Um lugar ideal como esse, assim de repente, é difícil de encontrar. Quanto pode pagar?

— Cinquenta mil ienes. Pode ser um pouco mais. Refeições à parte, é claro.

— Espere um pouco.

A mulher começava a folhear o registro quando a porta de entrada se abriu de maneira brusca e entrou outra mulher, usando calças compridas.

Ao vê-la, a cinquentona franziu ostensivamente a testa.

35

A mulher de calças compridas parecia insegura das pernas, o que era estranho.

Teria menos de trinta anos de idade, um pouco pálida, o rosto pequeno em relação ao corpo. A maquiagem destoava tanto do rostinho vivo, ao gosto dos japoneses, quanto dos seios que estufavam o suéter e de suas formas.

Com a aparição da mulher, a cinquentona se esqueceu por completo da presença de Hanio.

— Olha que eu chamo a polícia, hein? Se você bancar a teimosa… — ameaçou a proprietária da loja, branca e gorda, eriçando as banhas.

— Chame *ettão* se quiser, não fiz nada *ehado*! — a mulher replicou, articulando com dificuldade as palavras, girou a cadeira defronte a Hanio e se aboletou nela, de costas.

— Nunca vi tanta teimosia! Um aluguel caro como quer, e todas essas exigências petulantes, mesmo que você nos pague comissão, como diz, nós não agenciamos gente, ouviu? Por que não procura você mesma e negocia? Se não é capaz, paciência!

— Você é corretora, não tem o direito de me tratar assim! E não é da sua conta se sou ou não capaz de agir sozinha.

Mal acabou de falar, recostou a cabeça no espaldar da cadeira e começou a roncar. Em seu rosto inocente, os lábios ligeiramente entreabertos pareciam macios e convidativos. Só o ronco, porém, desagradava.

— Está drogada, bem que suspeitei. Me faz de boba. Vou chamar a polícia. Por favor, poderia cuidar da loja só por um instante? Ela pode acordar de repente e começar a depredar tudo aqui. Ai, que problema!

— Afinal, o que está acontecendo? — perguntou Hanio, sentando-se com calma em uma cadeira, sem se incomodar com a caminhoneta que o aguardava.

— Esta moça é de uma família decente das redondezas. Mora com os pais em uma casa enorme, ela é a caçula da família. Os irmãos e as irmãs já se casaram, todos eles e, ao que parece, residem em casas próprias. Só ela leva a vida de qualquer jeito, faz o que quer porque os pais permitem seus caprichos e vontades. Desse jeito, nem dá para falar em casamento.

Os pais eram grandes proprietários desta área, mas enfrentaram dificuldades após a guerra. Eu mesma os ajudei, vendendo terrenos e casas de sua propriedade. Sobrou apenas a mansão onde residem atualmente. A fortuna chega ao fim se começam a vender para poder comer, por mais ricos que sejam. Por isso querem alugar as três salas da edícula, que já foi uma casa de chá. Até aí tudo bem, isso é comum e posso perfeitamente cuidar do caso.

O problema é esta menina, Leiko. Ela estorva tudo. Exige pela edícula velha quinhentos mil ienes de direitos e mais cem mil mensais de aluguel, não cede nem um centavo, e o inquilino tem de ser homem, jovem e solteiro. Nem dá atenção às propostas que levo. Entre elas, a de um senhor de meia-idade, presidente de uma empresa, que se interessou e se dispôs a pagar o que ela quer. Eu não suporto que ela venha se intrometer no meu negócio. Ponha-se no meu lugar, acha que dá para aguentar?

Esquecendo-se de ir à delegacia, a mulher se pôs a chorar, cobrindo o rosto com a manga do vestido. E continuou chorando, apoiando a testa na porta envidraçada onde havia anúncios de casas e quartos para alugar. A porta trepidava como num dia de vento forte.

Pasmo entre as mulheres, uma chorando e a outra roncando, Hanio finalmente tomou uma decisão e se ergueu para tocar o ombro da cinquentona.

— Desculpe, eu posso estar interessado no negócio.

— Como?

A cinquentona enxugou as lágrimas e fitou Hanio como se quisesse trespassá-lo.

— Mas com uma condição. Para simplificar, proponho deixar a minha mudança na edícula em caráter provisório. E saio imediatamente, se eu não gostar ou se eles não gostarem de mim.

— Você já veio pronto para se mudar?

— Uma caminhoneta me aguarda lá fora. Ali, está vendo?

Começava a ventar. O motorista havia descido da caminhoneta, estacionada rente a um muro em frente, debaixo de uma cerejeira que crescia atrás dele. E, outra vez, contemplava as flores distraído. Uma névoa amarelada parecia toldar o céu azul. Um gato passeava por cima do muro, saltou sobre um galho enegrecido da cerejeira e desceu por ele balançando-se feito água-viva.

A tarde estava estranhamente clara.

Uma tarde em que algo terrivelmente grande parecia ter sido abandonado e esquecido, uma tarde semelhante a um terreno limpo e vazio.

Hanio percebeu que se achava outra vez prestes a se envolver em situações suspeitas, ele que até aquele instante estava decidido a tirar férias. Quem sabe o mundo tivesse a forma de uma curva francesa. Dizer que o mundo é uma esfera talvez fosse uma mentira. Acontecia que, de repente, um dos lados se retorcia estranhamente curvado para dentro, ou então, o lado reto terminava de forma abrupta em um abismo profundo.

Não custava dizer que a vida era destituída de sentido, mas para viver a falta de sentido era necessária uma vigorosa energia, como constatava novamente.

A cinquentona sacudiu o ombro de Leiko e a despertou.

— Veja, esta pessoa diz que pode alugar a edícula. Ele é jovem e solteiro, como você gosta, não? Não tem do que reclamar. Mostre a ele.

Leiko abriu os olhos, conservando entretanto a cabeça apoiada na cadeira e erguendo apenas os olhos para Hanio. Um filete de baba brilhava em sua boca. Era repulsivo, mas ao mesmo tempo estranhamente erótico.

Leiko se ergueu com lentidão.

— Gostei! Encontrei quem eu procurava há muito tempo. Não fique aí parada, me irritando. Alegre-se, vamos!

Exagerando o tom de voz e sem nenhum sentimento, Leiko abraçou a cinquentona.

— E agora isso! Depois do que fez! É mesmo uma criança! — disse a cinquentona, volvendo para Hanio um sorriso visivelmente comercial.

36

Seguindo as instruções de Leiko, Hanio transferiu a bagagem da caminhoneta para o átrio da edícula, próximo à entrada dos fundos da mansão. Depois, Leiko o conduziu até a residência principal, puxando-o pela ponta dos dedos ao longo da trilha de pedras que levava à casa.

Além do jardim bem arborizado, que ninguém diria tão próximo da movimentada rodovia Kan-nana, um casal de idosos se achava frente a frente num terraço, sentado em cadeiras de vime.

— Oh, já está de volta, Leiko?

—- Sim, e trago um inquilino para a edícula.

— Desculpe, a casa está em desordem, mas venha, por favor.

Uma senhora idosa e elegante cumprimentou Hanio de maneira afável. O senhor ao seu lado, igualmente elegante, de cabelos encanecidos e vestido à moda japonesa, se apresentou sorridente, atraindo a simpatia de Hanio:

— Muito prazer. Sou Kuramoto.

Conduzido ao *zashiki*[12], Hanio foi convidado a tomar assento diante do *tokonoma*[13], onde o chá foi servido. A recepção, embora clássica e formal ao extremo, deixava algo a desejar, sentiu Hanio.

A sala estava magnificamente decorada. Enormes estantes de sândalo maciço ostentavam adornos como um incensário e

---

12. Sala de visitas japonesa.
13. Nicho na parede destinado à exibição de objetos de arte: arranjos florais, pinturas, cerâmica, etc.

uma cacatua esculpida em jade, e a pintura no *tokonoma* era um quadro clássico, autenticado, de cenas do paraíso terrestre.

— Por favor, seja condescendente com esta minha filha estouvada — disse o dono da casa, mas a senhora o corrigiu:

— Não propriamente estouvada; na verdade, ela é uma filha de bom coração, uma deusa. Um pouco ingênua, quer enfrentar a vida com a alma pura demais, e por isso começou a tomar "Hainame"…

— Não, mamãe, é Himinal — corrigiu Leiko, curiosamente preocupada em ser precisa. A velha senhora descrevia a filha, já na casa dos trinta, como se fosse uma menina de doze ou treze anos.

— Sim, costuma tomar isso, e também L alguma coisa…

— Mamãe, é LSD.

— L alguma coisa, o quê? SSB? Até parece marca de curry, não? Bem, seja lá o que for, toma essas drogas em voga hoje em dia e perambula à noite por Shinjuku, tudo porque procura o "príncipe encantado". Não é, Leiko?

— Ai, mamãe!

— Esta minha filha, de qualquer maneira, é muito orgulhosa, e se distingue dos irmãos nesse aspecto. Por natureza, encara a vida com seriedade, o que é uma boa virtude, que deve ser cultivada. Nós, idosos, não podemos podá-la. Então pretendemos acompanhar esta menina com paciência e carinho. Puxa, só falamos da nossa filha, mas é essa alma gentil que se empenhou em reformar aquela edícula, porque quis de todo jeito que fosse ocupada por uma pessoa ideal. Por que iríamos fazer objeção? E, hoje, foi a providência divina que nos trouxe o senhor. Para Leiko, não há felicidade maior que essa. Vamos, Leiko, mostre-lhe logo a edícula.

— Está bem.

Leiko se ergueu e puxou Hanio pelo dedo mínimo com toda a força, fazendo-o cambalear ao erguer-se.

A luz da primavera se filtrava pela folhagem ainda esparsa e incidia com abundância sobre o jardim. Retornando à edícula pela trilha que seguia à beira de uma touceira cheia de camélias, Leiko abriu ruidosamente a porta corrediça da entrada.

Hanio esperou sentir cheiro de bolor, o que não aconteceu. Não havia um tatame sequer na casa de chá. O piso da cozinha onde estavam tinha ladrilhos com desenhos de minúsculas folhas esparsas.

Ao entrarem na sala contígua, Hanio se surpreendeu.

Um luxuoso tapete chinês de Tianjin cobria inteiramente o assoalho. Uma cama de bambu feita à mão, ao estilo da Indochina Francesa, achava-se coberta por uma colcha de sarja persa. E no *tokonoma*, onde provavelmente havia antes um *chagake*[14], achava-se instalado um magnífico aparelho estereofônico. Um conjunto de cadeiras à moda da monarquia dos Luíses, de sândalo vermelho vietnamita incrustado de madrepérolas, compunha um canto da sala; ao seu lado, havia um abajur *art nouveau*, com graciosas folhas de lírio-do-vale compondo elas mesmas a parte inferior do corpo de uma mulher cujo tronco sinuoso sustentava uma tocha.

As paredes eram inteiramente revestidas de damasco de seda. Via-se em um canto um belo armário espelhado, contendo uma coleção impecável de vinhos.

"Pelo que estou vendo, o preço que pediram é sem dúvida merecido!", Hanio murmurou dentro de si.

Leiko pareceu ter ouvido seus pensamentos:

---

14. Pintura para ser exposta em salas de cerimônia do chá.

— Aquela mulher da imobiliária é burra, não sabe nada desta casa! Mas é divertida, se enfeza de verdade quando a provoco. Este quarto me deu muito trabalho. Sabe, eu ando sempre sozinha… mesmo quando vou a Shinjuku. Não faço amizades. Me sinto solitária, por isso me entrego a passatempos como esse. É esquisito?

— Nem um pouco. É um ótimo passatempo, talvez meio bizarro.

— Essas coisas são da coleção de papai, que eu retirei do depósito e arrumei na sala. Papai andou fazendo besteiras no passado. Hoje faz cara de sábio.

— Ele não protestou?

— Protestar? Nesta casa ninguém tem coragem de me contrariar. Todos têm medo.

Leiko soltou de repente uma gargalhada, e continuou rindo sem parar.

Nesse momento a velha senhora bateu à porta corrediça do quarto, que ficara semiaberta, e entrou.

Ela trazia sobre uma bandeja laqueada, com toda a ostentação, papéis japoneses de alta qualidade e caprichosamente dobrados.

— Aqui estão o contrato e a conta. Queira verificar, por favor.

Lá se achava escrito, entre minuciosas condições grafadas na caligrafia aparentemente tradicional da família:

"Direitos ¥ 500.000,00
Aluguel ¥ 100.000,00"

— Dinheiro eu tenho, mas em cheque, e não no valor exato. Já passam das três horas, vou ter que ir ao banco amanhã para trocar os cheques por dinheiro vivo.

— Quanto a isso, esteja à vontade.

A velha senhora se retirou a passos vagarosos.

Hanio se preocupava com a mobília largada no átrio. Ela destoava miseravelmente da sala bem arrumada, e pensou em pedir permissão a Leiko para guardá-la se possível no depósito da casa. Mas Leiko se antecipou:

— Quer guardar a mobília que trouxe, não? Procura um depósito? Eu lhe mostro onde fica, quando quiser.

Ela parecia ter o dom da telepatia.

— Como consegue adivinhar o que os outros pensam?

— Consigo quando estou drogada, não sei como. Em meu estado normal, não dá.

Calaram-se então por falta de assunto.

Havia algo de estranho naquela casa, quanto mais se pensava nela. Por que haviam preparado um quarto luxuoso como aquele, com uma cama enorme? Mais ainda, por que razão haviam escolhido a dedo o inquilino e estabelecido um aluguel exorbitante? Não dava para entender.

Naturalmente precisavam sobreviver, mas não fazia sentido deixarem uma garota meio passada e desmiolada como aquela agarrada petulantemente à corretora, a ponto de lhe provocar repulsa, até encontrarem um inquilino.

Fugia dos padrões normais, mas também não parecia loucura.

Homens como Hanio estavam predestinados talvez a sair de uma situação para se meter em outra semelhante. Almas solitárias conseguem farejar a mútua solidão feito cachorro. Com certeza aí estava por que Leiko percebera, de pronto, com seus olhos sonolentos, que Hanio não era nem de longe um homem saudável e ativo.

É curioso como essa espécie de gente tem a mania de adornar vistosamente o seu ninho. Bem-sucedido no comércio "Vende-se vida", iniciado no modesto apartamento anterior, Hanio estava à procura de um lugar onde pudesse se entregar a férias de luxo. E aquela sala era certamente o local perfeito, a começar pelo teto baixo, que dava a impressão de ser uma faustosa tumba.

— Gostaria de me refazer, neste quarto, da canseira do corpo e da alma — murmurou Hanio mais consigo mesmo.

— O que lhe causou essa canseira?

— Nada, estou cansado, só isso.

— Não deve ser uma banalidade, como a canseira da vida, a canseira de viver.

— E o que mais poderia ser?

Leiko soltou um risinho anasalado.

— Você sabe. Você se cansou é de morrer.

37

Os olhos de Leiko pareciam meio desfocados, mas o que dizia era assustadoramente pertinente.

Ela trouxe da estante de livros uma edição luxuosa, abriu-a sobre os joelhos e começou a folheá-la com pressa diante de Hanio, que estava estarrecido.

— Aqui está. É isto — disse, mostrando a Hanio.

Tratava-se de uma edição de *As mil e uma noites*, impressa em grande formato e magnificamente ilustrada. Leiko mostrava a ilustração de uma célebre história sobre um relacionamento incestuoso. Irmão e irmã, porém filhos de mães diferentes, apaixonaram-se um pelo outro num amor proibido. Para se furtar da vista do mundo, construíram um quarto luxuoso no interior de uma tumba subterrânea e, cerrando a lápide, cortaram o contato com o mundo e se entregaram noite e dia aos prazeres da carne. Acabaram provocando a ira dos céus e foram queimados pelo fogo divino. Quando o pai descobriu o esconderijo e entrou na tumba, o que viu foram os cadáveres carbonizados, abraçados sobre o leito de sarja. A história era essa.

A ilustração mostrava os dois corpos inteiramente desnudos e enegrecidos, mas ainda com as formas preservadas. Estavam abraçados e deitados sobre um leito luxuoso, que não exibia nem um único sinal de queimadura. Ela descrevia o horror e a hediondez da morte e, ao mesmo tempo, a chama da volúpia que consumiu dois corpos formosos quando em vida. Até parecia que não fora o fogo divino que carbonizara os dois, mas a chama da paixão carnal.

— Estão se beijando, mesmo carbonizados. Impressionante! Morreram no ápice do prazer — disse Leiko.

— Que seja, mas o que pretende trazendo um inquilino birrento como eu para um lugar como este? — perguntou Hanio.

— Vamos com calma. Direi amanhã, quando tiver recebido o que me deve — respondeu Leiko.

38

À noite, sem ter nada para fazer, Hanio ligou para Kaoru.

— Ué, onde você está? Saiu do apartamento, não foi?

A voz de Kaoru chegava alegre e animada. Pelo jeito, a morte da mãe já deixara de lhe sombrear a alma.

— Me mudei de repente. Queria lhe passar meu novo endereço e telefone.

— Espere! Ninguém nos ouve neste telefone?

— É possível que haja alguém, sem dúvida. Mas não importa.

— Vai reiniciar o seu comércio?

— Por enquanto estou descansando.

— Melhor assim. É melhor se cuidar por algum tempo. Tem como viver, não? — o rapaz falava feito um adulto.

— Quando for recomeçar, eu lhe peço ajuda.

— Ah, não! Já chega, volte à vida séria. Mas posso ir visitá-lo?

— Ainda não. Tenho um problema.

— Mulher outra vez?

— Isso mesmo.

— Tsc, tsc! Que péssimo costume!

— Ligo para você se estiver em dificuldades. Só você é confiável nessas horas.

Essas palavras atiçaram visivelmente o orgulho do jovem.

— Mas se eu lhe salvar a vida, você vai me odiar. Fazer o quê? Bem, aguardo seu contato. Esteja sossegado, não vou estorvá-lo até lá — disse Kaoru.

A ligação terminou aí.

No dia seguinte, Hanio foi ao banco abrir uma conta. Descontou os cheques e pagou a senhora Kuramoto tão logo regressou.

— Quanta presteza, obrigada! Fará a alegria da minha filha. Ela está ausente no momento… Esteve à procura de uma pessoa como o senhor por muito tempo — disse a senhora à porta de entrada, com um sorriso delicado.

Depois entregou com requintes a Hanio o contrato envolvido em crepe esverdeado.

— Posso entrar um pouquinho?

— Por favor, por favor. Vou trazer o chá.

A velha senhora o acolhia carinhosamente.

Na sala sossegada aonde fora conduzido, Hanio se acalmava até a alma. Aquele ambiente expulsava todos os fantasmas da época moderna. Com exceção de um, a filha deles, Leiko!

O senhor Kuramoto pôs de lado a coletânea de poemas chineses que estava lendo.

— Mas o senhor está com ótima aparência! Dormiu bem à noite? — perguntou.

— Sim, obrigado — respondeu Hanio com honestidade.

Ele se empenhara para apressar sua morte. Mas ali estava um casal que absolutamente não tinha pressa em morrer. Pétalas de flor de cerejeira, vindas de algum lugar, espalhavam-se pelo jardim carregadas pela brisa, e, no quarto, havia a fria obscuridade do dia, mais as páginas da coletânea de poemas chineses que a mão branca do ancião folheava. Aquelas pessoas tricotavam em silêncio. Tricotavam a própria morte. Sem pressa alguma, como se estivessem tricotando um pulôver para o inverno que se aproxima.

De onde vinha aquela calma toda?

— Acredito que as manias de Leiko tenham assustado o senhor — disse Kuramoto, sorrindo. — Perdoe-me, por favor. É culpa minha.

Surpreso, Hanio volveu os olhos para o senhor Kuramoto quando a senhora entrou com o chá.

— Sim, talvez fosse melhor ele ouvir a história — disse ela com suavidade.

— Em outras épocas, trabalhei com navios — iniciou Kuramoto. — Comecei como capitão e, por fim, desembarquei para ser diretor e, posteriormente, presidente da companhia de navegação em que eu trabalhava. Adquiri terrenos nestas redondezas e planejava terminar a vida como latifundiário. Mas perdemos a guerra e não consegui manter o latifúndio. Então fui decaindo, pouco a pouco. Se tivesse conservado preciosamente os terrenos, meu patrimônio seria agora de alguns milhões, mas me desfiz de parte deles por causa do imposto patrimonial do período pós-guerra, e, nesse embalo, fui vendendo um a um, trocando-os por dinheiro, uma burrice sem tamanho.

Mas, de qualquer maneira, a caçula, Leiko, nasceu em 1939, um ano após eu ter abandonado o posto de capitão de navio. A profissão é desgastante. Acabei por contrair ligeiramente isso que hoje em dia se conhece por neurose. Fui internado num hospital psiquiátrico, duas ou três semanas apenas, não mais do que isso. Me curei por completo, sem sequelas, como o senhor vê, pois fui até escolhido para ser diretor, e depois presidente, cargos que desempenhei com toda a competência. Entretanto, vinte anos depois, ou seja, há nove anos, esse pequeno percalço serviu de tropeço à vida de Leiko.

Nessa época, Leiko recebeu uma proposta de casamento que a deixou muito entusiasmada. Mas a proposta foi subitamente retirada. Leiko, também por ser uma menina de mentalidade inquisitiva, acabou por descobrir o motivo por intermédio de amigas tagarelas, quando não devia se entregar a essa investigação.

Eles tinham descoberto a minha internação vinte anos atrás e levantaram suspeitas infundadas: com certeza não se tratava de um simples caso de neurose; sendo eu um capitão de navio, só podia ser sífilis, e Leiko, que tinha nascido antes da internação, por certo tinha sífilis congênita.

Isso alterou de vez a personalidade de Leiko.

Ela passou a beber e fumar. Tentei convencê-la de que essa conversa outra coisa não era senão bobagem imaginada por eles, um simples exame de sangue bastava para comprovar; convidei-a para ir comigo ao hospital e pedir ao médico explicações precisas e detalhadas, mas de nada adiantou. Nenhuma explicação científica a satisfazia. Começou a dizer: "Eu vou enlouquecer em breve, aí a minha vida acaba, não vou me casar mais, e muito menos ter filhos", e não se demoveu mais dessa convicção.

Seus irmãos são todos sérios e corretos. Eles também tentaram convencê-la de toda forma, mas Leiko se tornou cada vez mais rebelde, não escutava ninguém.

Por fim, cedendo aos seus pedidos, transferi a propriedade da edícula para ela e incorporei-a ao seu patrimônio. Porém, para nossa surpresa, ela não quis morar ali. Disse que alugaria a edícula por um bom preço para custear sua vida.

Ora, já estou velho, mas ainda possuo o suficiente para sustentar uma filha. Contudo, por essas circunstâncias, o dinheiro que o senhor me paga pertence inteiramente à renda dela.

Me desculpe, por favor, esta estranha conversa. Nada me faria mais feliz do que o senhor ocupar a edícula ciente destes fatos, e se tivesse um pouco de piedade por essa minha filha.

Nos últimos dias, ela anda perambulando pelos lados de Shinjuku, ingerindo drogas estranhas e com isso atraindo a antipatia da vizinhança. De qualquer modo, ela acredita ainda que tem sífilis congênita e enlouquecerá algum dia. Já nem sei o que fazer.
Contei-lhe uma história realmente vergonhosa.
Porém uma coisa nos deixa satisfeitos. Essa nossa filha, que faz de Shinjuku um antro e aos domingos nem se preocupa em voltar para casa de manhã, sempre evitou companhias, conservando-se solitária, não sei por quê. Nunca trouxe para casa um companheiro maltrapilho, nem um sequer. Isso nos alivia. Muito nos aborreceria se esses indivíduos de longos cabelos fantasmagóricos, saiba-se lá se homem ou mulher, estivessem entrando e saindo da nossa casa.
Nesse ponto, me desculpe, o senhor, embora jovem, está sempre bem-vestido. É como todos os jovens deveriam ser.

39

Leiko tardou a voltar naquele dia. Espichado na cama, Hanio lia um livro, aguardando-a por aguardar.

Ir até Shinjuku para procurá-la seria inútil.

Desde os tempos em que trabalhava como designer, conhecia bem os hippies. Sem dúvida, outra coisa não eram senão exploradores do despropósito, mas não lhe parecia que enfrentavam as besteiras inevitáveis da vida. Uma razão mundana os levava a esse comportamento, e Leiko era um bom exemplo. Uma razão trivial, como um pavor cientificamente infundado da sífilis, ou então certa aversão pela escola ou pelos estudos.

Hanio se achava em posição de poder desprezar todos os que possuíam uma "razão" para tudo.

Mas a falta de razão jamais vinha acometer o homem da forma como os hippies imaginavam. Ela vinha, sem dúvida alguma, da mesma forma como as letras do jornal se transformavam em fileiras de baratas.

Da mesma forma como dar-se conta de uma hora para outra que o caminho por onde se andava despreocupado e em segurança era, na verdade, o peitoril de um terraço situado no alto de um prédio de trinta e seis andares.

Da mesma forma como brincar com um gato e descobrir de repente, na escuridão da boca cheirando a peixe e aberta num miado, as negras ruínas de uma cidade que, dir-se-ia, foi destruída por um grande bombardeio.

E, por falar nisso, houve um tempo em que Hanio estava firmemente decidido a criar um gato siamês. Casualmente, isso o levou a jantar certa noite com um gato de pelúcia.

Da mesma forma como levar uma pá com leite ao focinho de um gato siamês e, quando o gato fosse tomá-lo, jogá-lo para o alto e lambuzar a cara do bicho.

Esse cerimonial, ao qual sua imaginação fantasiosa atribuía extremo valor, era importante em tudo, na política e na economia. Ou seja, a reunião de gabinete deveria começar dessa forma e os problemas do Tratado de Segurança deveriam ser resolvidos dessa maneira. Por essa humilhação infligida de supetão a um gato arrogante, podemos bem compreender a razão de se criar um gato.

Em outras palavras, segundo o pensamento de Hanio, deve-se iniciar tudo sem nenhuma razão para se viver a liberdade de atribuir uma razão. Para isso, "nunca, mas nunca mesmo" se deve iniciar uma atividade movido por uma razão. Pessoas que partem desde o início para a ação por uma razão, só para a perderem depois, seja por fracasso, seja por desespero, são apenas sentimentais. São avaros com a vida.

E que necessidade havia de explorar ou viver a falta de razão, se claramente bastava abrir o armário para encontrá-la ali, santificada em meio a uma pilha de porcarias?

Hanio percebeu que, cedo ou tarde, voltaria a "vender a vida".

Naquele momento, a porta da sala de chá se abriu timidamente. Pensou que fosse um gato, mas era Leiko.

Trazia nas orelhas brincos enormes, de plástico, e vestia algo semelhante a um poncho mexicano. Da gola axadrezada de cores berrantes, vermelho, verde e amarelo, emergia um pescoço pálido.

— Que bom que voltou! — disse Hanio com familiaridade.

— Deve estar com fome, não? Vim pensando em lhe preparar o jantar.

— Que dona prestativa!

— Meu pai já lhe contou, não? — perguntou Leiko, lançando um olhar à altura da testa de Hanio.

— Está escrito no meu rosto?

— Sim. Eu descubro tudo — retrucou Leiko, que se dirigiu à edícula e se pôs a trabalhar ruidosamente.

Aborrecido como estava, Hanio queria continuar conversando, e prosseguiu erguendo a voz que o ruído da água e da faca o perturbava.

— Se quiser, posso vir passar a noite aqui, a partir de hoje. O que acha?

— Eu agradeceria. Mas…

— Mas o quê?

— Sinto horror só de pensar que amanhã de manhã poderemos estar mortos e carbonizados.

— Eu deixo a válvula do gás aberta. Assim dá para morrer bonito.

— Mesmo nas *Mil e uma noites* a morte aconteceu somente depois que eles passaram pelo prazer completo. Uma noite só não vale a pena.

— Aí é querer demais.

A voz se calou por um momento, quando a panela entrou em ebulição.

— Não está misturando veneno, está?

— Quer que o faça?

— Arsênico deixa vestígio, vai denunciá-la depois.

—- Se eu for com você, não tem importância.

— Ainda não concordei. Eu aluguei este quarto, mas não cheguei ao ponto de incluir você no contrato.

O jantar ficou pronto. Um caldo de carne apetitoso e filé-mignon, acompanhado de meia garrafa de vinho.

Espichada languidamente feito uma gata, Leiko observava Hanio, que comia com vontade, e perguntou:

— Está bom?

— Sim.

— Você gosta de mim? Me diga — perguntou com voz sonolenta.

— Ah, sim, cozinha bem, daria uma boa esposa.

— Deixe de brincadeira. Esperei muito tempo para encontrar você. Até lhe enviei uma carta. Tinha certeza de que você viria, cedo ou tarde. Não sei como, estava convencida disso. Sim, você é "ele", com toda a certeza. A pessoa que postou um anúncio estranho no jornal, em edições matutina e vespertina: "Vende-se vida", não foi?

40

— Puxa, mas como descobriu que fui eu o autor do anúncio, logo ao me ver pela primeira vez na imobiliária? Entrei naquela loja casualmente, como um cliente qualquer.

— Tenho a sua foto — respondeu Leiko com toda a naturalidade.

— Minha foto? Quem lhe deu?

— Você é investigador da polícia? Deixe de ser curioso, não lhe fica bem.

A conversa encerrou-se aí. Mesmo que o encontro com Leiko na imobiliária tivesse sido apenas casual, parecia indubitável que uma fotografia sua, tirada por alguém sabe-se lá quando, estava sendo divulgada. Mas com que propósito? Teria sido transformado em "astro", de forma inadvertida, neste mundo completamente imprevisível?

Terminada a refeição, Leiko se aconchegou a ele. Tomando-lhe o rosto entre as mãos, fitou-o com seus olhos assustadoramente grandes e disse:

— Quer que eu lhe passe a minha doença?

— Sim — respondeu Hanio com ar entediado.

— Em pouco tempo eu estarei louca, isso é certo. Será repentino, quem sabe agora mesmo enquanto estou falando.

Essas palavras despertaram a compaixão de Hanio pela garota já passada da idade de casar.

A nudez de Leiko era surpreendentemente formosa, algo transparente. Sua pele, que Hanio supunha irritada por efeito das drogas, nada apresentava dessa irritação. Macia e aveludada, envolvia por inteiro e sem defeitos aquela alma solitária e insegura, à luz obscura da lâmpada. Seus seios sadios sobressaíam como amplos *kofun*[15] e conferiam a seu corpo um toque algo arcaico. Até a constrição da cintura acentuava suas formas esculturais. O ventre alvo que se destacava na obscuridade do cobertor se mantinha perfeitamente lânguido e opulento. De qualquer dos pontos até onde os dedos de Hanio puderam alcançar, o tremor se espalhava pelo corpo em um arrepio. Calada como era, Leiko parecia uma pobre criança abandonada, pensou Hanio.

Entretanto, ao observar entre as sobrancelhas de Leiko os sinais de dor profundamente entalhados, feito metal cinzelado, Hanio percebeu que o que achara improvável fora refutado. Sobre o lençol, após a consumação, restavam marcas de sangue, semelhante a sangue de passarinho.

Estendendo-se preguiçosamente sobre o leito, Hanio não comentou nada de propósito, mas Leiko disse:

— Está surpreso?

— Honestamente, sim. Você era virgem.

Leiko se ergueu sem dizer nada, e nua como estava, feito uma odalisca, trouxe vinho doce e duas taças de licor em uma bandeja.

— Agora já posso morrer sossegada.

— Ora, deixe de asneira — respondeu Hanio meio inconsciente, um pouco sonolento. Naquele momento, estava farto dessa conversa, se viviam ou morriam.

---

15. Montículos de terra que assinalavam tumbas antigas.

41

A história que Leiko se pôs aos poucos a narrar foi a seguinte:

Ela queria ser enterrada naquela situação. Mas, para isso, precisava de um parceiro. O melhor parceiro, um que se parecesse com ela.

Na conversa, Leiko se mostrava uma mocinha introvertida, muito diversa da impressão que causava à primeira vista ou o seu modo de falar.

— Eu estava fortemente decidida a não amar ninguém. Porque se amasse, acabaria por transmitir a minha doença a ele, e isso me causava pena. Mesmo que encontrasse alguém que me amasse muito, a ponto de não se importar com isso, ele só teria em troca uma enferma, fadada a ser internada dentro em breve em um hospital psiquiátrico. Pobre coitado! Por isso, nunca cheguei a entregar meu corpo a quem quer que me convidasse. Sim, costumava tomar Himinal e também LSD, mas sempre que me sentia periclitante, voltava para casa. Mamãe me tratava com carinho, assim era melhor.
Depois, comecei a detestar esses rapazes que, por mais chiques que se mostrem, não têm no bolso mais do que dez moedas de dez centavos. Em compensação, só velhos indecentes têm dinheiro.
Há muito tempo eu pretendia entregar minha virgindade a um jovem solteiro, disposto a comprar de mim esta bela tumba que construí, mais o meu corpo e a minha vida também. Tenho ainda outras condições: deve ser alguém que não me cause pena por lhe transmitir toda a minha doença, alguém que não pense no futuro, e que esteja sempre disposto a morrer comigo.

Queria encontrar essa pessoa e lhe pedir que comprasse tudo de mim. Por isso, conservei com todo carinho a sua fotografia, a partir do momento em que a obtive.

— Pois é, me diga então como conseguiu minha foto.

— Está me perguntando de novo? Que chato, não mude de assunto, nem parece você!

Leiko se esquivava novamente de dizer como conseguira a foto.

Hanio envolveu-a pelo pescoço e, com o rosto aborrecido da jovem em seu braço, tentou convencê-la como a uma criança:

— Escute bem. Desperte logo desse sonho maluco. Você parece uma criança, mas já é uma trintona, passa o tempo perambulando entre a molecada de Shinjuku, pinta o mundo inteiro de azul, conforme as suas convicções, e se contenta com isso. Mas, é claro, até mesmo um quarto de quatro tatames e meio fica azulado se você acender nele uma lâmpada azul. É só isso, nada mais. O quarto não se transforma em mar só porque ficou azulado.

Em primeiro lugar, você não está doente. Essa é uma ideia mimada, para começar.

Em segundo lugar, você nunca vai enlouquecer. Isso que você pensa agora já é em si uma loucura. É simplesmente impossível a uma louca enlouquecer ainda mais.

Em terceiro lugar, não há necessidade alguma de você morrer temendo a loucura.

Em quarto, não há ninguém que queira comprar a sua vida. Pedir a um profissional como eu é presunção. Sempre fui vendedor de vida, recuso-me terminantemente a comprar vida. Creio que não me rebaixei ainda a esse ponto.

Veja bem, Leiko. A meu ver, ninguém é mais infeliz do que aqueles que querem comprar vida, e mais ainda para utilizá-la para proveito próprio. É gente que se acha no abismo do abismo da vida. Meus clientes são todos uns coitados. É por isso que eu me deixei comprar por eles. Mulheres como você, que é criança aos trinta anos, que perdeu esta noite a virgindade, que perdeu as esperanças na vida por alucinação tresloucada, e, não obstante, não chegou ainda ao fundo do poço da condição humana, não estão qualificadas a comprar a minha vida.

— Ninguém está falando que quero comprar a sua vida. Estou só dizendo que quero vender a minha vida para você.

— Você não me entendeu. Não sou comprador, sou vendedor.

— Eu também sou.

— Você não passa de simples amadora.

— E você não se meta a profissional.

— Mas eu fiz fortuna — gabou-se Hanio.

Nesse ponto, ambos começaram a rir.

42

Assim começou para eles a vida a dois, sem percalços.

O sermão de Hanio, entretanto, não surtiu efeito algum. Leiko se apegava de forma obstinada à convicção de que estava doente e prestes a enlouquecer. Contudo, recusava-se terminantemente a se deixar examinar por um médico.

— Se por acaso eu enlouquecer por um acesso repentino, me mate imediatamente e morra comigo. Entendeu? — vivia repetindo.

Hanio lhe dava respostas vagas, mas passavam os dias mantendo a aparência de um casal de enamorados em início de convívio. Quando saíam juntos para o cinema ou a passeio, Hanio proibia expressamente que Leiko se vestisse à moda hippie, e fazia o possível para que ela se comportasse como uma jovem esposa. Então a rudeza se apagava do rosto dela, que até passava a mostrar uma discreta elegância.

Certa tarde, os dois foram passear em um pequeno jardim das proximidades, para apreciar as flores de cerejeira espalhadas pelo vendaval da noite anterior.

O jardim se situava em um pequeno espaço oblongo adjacente a uma ferrovia privada. Enormes cerejeiras antigas despontavam entre balanços, toras oscilantes e *jungle gyms*. Atravessando o cruzamento ferroviário por um bloqueio curvo, em forma de sela de cavalo, chegava-se diretamente à entrada do parque. O dia estava claro, até fazia calor, mas a chuva do dia anterior esparramara pétalas de flor de cerejeira em grande quantidade sobre a terra defronte ao portão de entrada. Não apenas pétalas de cerejeira, mas até folhas de jornais velhos jaziam semiencobertas pela terra, batidas pela chuva.

Para surpresa deles, o vozerio das crianças estava ausente.

O parque se achava em silêncio. O sol poente provocava reflexos cor de prata no *jungle gym*, em meio às pétalas que ainda caíam.

Os dois procuravam um banco onde pudessem descansar quando avistaram um vulto em um balanço de cadeira, balançando-se com suavidade entre as pétalas esvoaçantes.

Era um velhinho miúdo, engravatado e bem-vestido.

Sentado ao lado de Leiko em um banco do parque, Hanio observava distraído o velhinho pelas costas. Lembrava-se de tê-lo visto em algum lugar. Com a mão mirrada, o velhinho extraía amendoins do bolso esquerdo e os levava grão em grão à boca, ao mesmo tempo que movia com a mão direita ociosa um fantoche.

Tratava-se de uma boneca de tamanho relativamente grande, animada pelo dedo indicador enfiado na cavidade da nuca e pelo polegar e médio em ambas as mãos. Fantoches desse tipo, à venda na cidade, eram destinados ao público infantil, e imitavam animais, sapos, cobras e pierrôs. Mas o que o velho tinha em mãos era outra coisa. Um vestido de noite de cetim azul-marinho envolvia a boneca, que possuía seios salientes e rosto de mulher moderna, de manequim. Até mesmo o batom em seus lábios era vistoso.

Erguendo o fantoche contra a chuva de pétalas que caía, o velhinho o fazia mover as mãos e a cabeça enquanto mastigava amendoins. A cabeça se movia de um lado para o outro, ou se balançava em um "sim". Pelo jeito, o velhinho gostava daquilo e fê-la repetir seguidamente o gesto por um longo tempo, mastigando amendoins, todo satisfeito. A boneca parecia até suplicar perdão ao velhinho.

A cena roubou de Hanio e Leiko a vontade de iniciar uma conversa despreocupada, e eles permaneceram em silêncio. Naquele instante, dois trens da ferrovia privada, vindos de direções opostas, cruzaram-se com um ruído assustador.

O velhinho se voltou com o ruído, e deve ter percebido a presença de pessoas às suas costas. Torcendo ainda mais o pescoço ressequido, quase só osso, envolto em um cachecol asseado, como se quisesse quebrá-lo, o velhinho cruzou olhares com Hanio.

E imediatamente se ergueu apavorado, com o balanço ainda em movimento, quase indo ao chão. Mas conseguiu se escorar na coluna prateada do balanço.

— Você me seguiu! Violou a promessa que me fez. E me seguiu!

— Está enganado — disse Hanio, compreendendo de pronto o pavor do velhinho. — Eu o encontrei por acaso, até me surpreendi.

— É mesmo? Será verdade?

O velhinho desceu do balanço com a boneca ainda pendurada na mão direita e se aproximou do banco com os olhos faiscantes de suspeita. No entanto, a bela figura de Leiko, ao lado de Hanio, visivelmente o tranquilizou.

— Essa senhora também é sua "cliente"?

— Oh, não. Deixe-me apresentar minha mulher. Nós nos casamos, e estamos morando por perto.

Leiko curvou-se, calada.

— O quê? Meus parabéns! — O velhinho se desarmava. — Posso me sentar a seu lado?

— Por favor.

O velhinho sentou-se. Por um momento, manteve a boneca sobre os joelhos, quem sabe à procura de assunto para conversar. Chiava por causa da dentadura.

— Como consegue mastigar coisas duras como amendoim usando dentadura? — perguntou Hanio sem reservas, movido também por uma ponta de saudade.

— Esta dentadura foi feita especialmente para isso. O ruim é que ela chia toda vez que respiro… Quer que eu lhe mostre?

— Sim, obrigado.

O velhinho tirou da mão o fantoche de boneca e guardou-o com carinho no bolso. Depois, enfiou abruptamente o dedo na boca para retirar a dentadura. Algo semelhante a caninos pontudos se projetava de ambos os lados dos dentes frontais. E, na posição dos dentes de fundo, notavam-se rugosidades em forma de serra.

— Parece dentadura de vampiro, não? — Hanio observou admirado. Viam-se detritos de amendoim finamente mastigados aderidos aos dentes, em diversos pontos. Ajustando de novo a dentadura à boca, o velhinho explicou:

— O amendoim se desmancha quando mastigo com estes caninos. E estes molares foram feitos especialmente para eu poder comer bife, até morrer. Sabe, já não tenho outro prazer na vida senão comer… Mudando de assunto, parece que você resolveu voltar à vida normal, não?

— Sim, graças a Deus.

— Espantoso! Tranquilo e casado, sem perder a vida naquele negócio perigoso! Eu… — O velhinho puxou a boneca do bolso interno e a mostrou a Hanio. — … continuo ainda com Ruriko, assim.

Hanio tomou em suas mãos a boneca, mas devolveu-a de imediato ao velhinho, pois a maciez da boneca lhe transmitia a sensação de ausência de conteúdo, recordando-lhe sinistramente o termo "cadáver". Observando a boneca com cuidado, não achou que se parecesse em particular com Ruriko. Porém, quando a passou reclinada para as mãos do velhinho, seu rosto lhe fez lembrar nitidamente do de Ruriko na cama, e estremeceu.

— Eu me compadeço do senhor. Hoje, o senhor me odeia, com certeza — disse Hanio.

— Não, nada disso. Sou-lhe grato, até. Creio que, de qualquer forma, ela estava destinada a morrer. Foi uma felicidade para ela ter encontrado você, antes de morrer.

De súbito, Leiko aplicou um forte beliscão na coxa de Hanio, que o fez pular. Assustado, o velhinho pulou com ele.

— O que houve? Você me assustou. Assim você me encurta a vida! — protestou taciturno, entre os dentes.

E continuou:

— Mas nunca houve mulher como Ruriko. Ela lembra essas flores que se desfazem em pétalas à luz do sol poente. Era alegre, deslumbrante, mas fria e efêmera… Qualquer homem que dormisse com ela uma vez que fosse jamais a esqueceria, sentiria vontade de matá-la, e com razão. À merda com as leis! Somos todos humanos, levamos a vida carregando nas costas tudo que é pecado. Não a matei com as minhas mãos. Foi castigo divino. O castigo divino a matou.

O monólogo do velhinho parecia infindável. Convidando Leiko com um olhar de soslaio, Hanio se levantou.

— Bem, peço sua licença. Não vou lhe perguntar onde mora. E creio que também não há necessidade de lhe dizer onde moro. Passe bem.

— Espere um pouco! Tenho algo a lhe dizer, é importante. — O velhinho se ergueu, segurando uma ponta do suéter de Hanio. — Se acha que a vida pode ser vendida, está enganado. Você está sendo seguido. Vigiado de longe. Será apagado, quando o momento chegar. Tome muito cuidado.

43

Por algum motivo, o encontro com o velhinho permaneceu na memória de Hanio.

Até aquele momento, nunca pensara que suas atividades se interligassem em algum ponto, formando um círculo.

Vender a vida era uma atividade isolada, assim como, por exemplo, lançar um ramalhete num rio. O ramalhete não seria recolhido e colocado de enfeite num vaso. Tinha por destino ser levado pelas águas e afundar, ou quem sabe chegar ao mar.

Naquela noite, no quarto, Leiko se mostrou particularmente sensível.

Após o sexo, seus olhos se encheram de uma luz cristalina.

— Graças a você, acho que vou ser uma mulher decente — disse ela em voz profunda.

— Por quê? Você não queria fazer deste quarto um túmulo aprazível?

— Sim, isso no começo. Procurava um homem que pudesse comprar minha vida, mas só ficava escolhendo. Quem sabe tenha sido voluntariosa e extravagante. Mas, por felicidade, encontrei você. Achava que meu valor se resumia ao dinheiro que eu tinha, talvez por ter sido uma verdadeira "menina prendada". Por isso exigia alguém disposto a comprar, com dinheiro, uma "menina prendada e doente". Pois nada é mais detestável que receber só piedade, concorda? Não suporto que venha viver e morrer comigo sem pagar um tostão, só por piedade.

— Você não está doente, já lhe disse!

— Você quer me consolar.

— Não se trata de consolar, é a pura verdade! Ora, que bobagem!

— Eu me preocupo com você, sabendo que lhe passei a minha doença. Como você me odiará! Mesmo antes disso, se de repente eu enlouquecer, sei que você, agora tão carinhoso, me abandonará com toda a frieza e fugirá de mim. São favas contadas. É só por hoje. Sonhar em ser uma mulher decente, só por hoje. Me casar com você, ter filhos e levar uma vida normal e feliz. Vivo esse sonho, só por hoje. Coisas que nunca me ocorreram.

Entusiasmada, Leiko se pôs a falar desse seu "sonho cor-de-rosa". Porém, essas fantasias corriqueiras surpreenderam Hanio.

Leiko, esposa carinhosa e feliz. Teria um filho, embora fosse necessário recorrer à cesariana, mas bem-sucedida. Bebê saudável e rechonchudo. Abandonaria, é claro, tanto o Himinal quanto o LSD já antes da gravidez.

— Por que cesariana? — perguntou Hanio, interrompendo a conversa.

— Ora, não seria de se esperar, sendo a primeira gravidez fora da idade? — respondeu ela despreocupada.

A sala de cerimônia do chá amplamente reformada, transformando o seu túmulo aprazível no novo lar. As árvores ao redor removidas, a entrada ao sul alargada para proporcionar farta abertura à luz do sol. E uma enciclopédia de puericultura no lugar da edição limitada de *As mil e uma noites*. Hanio sairia para trabalhar regularmente, como no passado. Um cão da raça spitz faria a guarda em sua ausência. O jardim de pedras japonês, denso e sombreado, destruído para dar lugar a um balanço erguido sobre a relva. Ao redor, espaço ajardinado, mantido com todo cuidado pela própria Leiko. Com a chegada do verão, compraria no shopping center uma "Casa das Formigas" para o menino.

Vira recentemente esse novo brinquedo no shopping, e tivera vontade de comprá-lo para o filho de seus sonhos irrealizáveis.

O brinquedo possuía um pequeno compartimento, em parte transparente, com algo parecido com areia branca, e na base, modelados em plástico verde, casas campestres, florestas e morros. Molduras verdes, de ambos os lados, dispunham de pequenos orifícios para se introduzir formigas operárias no compartimento. As formigas cavavam ninhos na terra alva cujo interior podia ser visto de fora. O brinquedo estimulava realmente a curiosidade e o espírito inquiridor das crianças.

— Então, filhinho, não é interessante?

— Ba, ba, ba…

— Ih, já são cinco horas! Tenho de preparar o jantar.

— Ba, ba, ba…

— Brinque sozinho dentro do cercadinho, meu bem. Papai volta todos os dias às seis e quinze, preciso fazer o jantar, me maquiar depressa enquanto a panela ferve, para receber papai. Você compreende, não é, benzinho? Pois então, fique aí quietinho, só um pouquinho, está bem?

— Ba, ba, ba…

Mas o quadro de vida futura que Leiko traçava provocava crescente aversão em Hanio. Lá estava, sem tirar nem pôr, a própria vida de barata! Da própria barata, que enxameara a folha de jornal. Afinal, não fora para fugir dessa vida que tinha escolhido o suicídio?

Se deixasse como estava, o sonho de Leiko se tornaria real. Uma vida tal como a imaginada por ela teria início muito em breve, já que sua enfermidade não passava de ilusão. Como fugir? Por absurdo que pareça, aos poucos Hanio se via propenso a crer na enfermidade de Leiko, mesmo porque essas alucinações de sua mente não deixavam de constituir, de certa forma, um sintoma da doença.

— Mas tudo isso é apenas sonho. Como você é saudável até demais (Hanio já ouvira isso de muitas mulheres), fui levada sem querer a sonhar. Afinal, a loucura me atacará em breve, sei muito bem.

Dessa vez, Hanio não contestou e permaneceu calado.

Mesmo às horas avançadas da noite, o pequeno túmulo aprazível não se achava completamente isolado do mundo. Buzinadas de carro vindas da ladeira em curva ali ao lado estridulavam no ar feito lampejos de peixe-voador, saltando do fundo da noite primaveril, escura e viscosa como o mar. Noite que ruge à distância sem saber o que é dormir. Monstruosa frustração da grande metrópole de dez milhões de pessoas que ao se encontrar proferem sempre à guisa de cumprimento: "Que tédio, que tédio, que tédio, não há nada interessante?" Multidão de jovens da noite que se agita feito plâncton. A insignificância da vida. A extinção da paixão. A inconstância da alegria ou da tristeza, tal como goma de mascar que, mastigada, perde logo o sabor, prestando-se apenas para terminar cuspida à margem do caminho… Há quem acredite que o dinheiro é tudo, e usurpam o dinheiro público. O dinheiro público ainda faísca em abundância no Japão, está onde todos podem tocá-lo, mas é dinheiro indisponível para o indivíduo. Tudo se parece com esse dinheiro. Existe apenas como tentação, e transforma em criminoso quem quer que ouse tocá-lo. Isola-o da sociedade. A grande metrópole oferece tentações, mas nenhuma satisfação. Esse, o inferno ameaçador que envolvia em uma imensa voragem a tumba aprazível de Hanio e Leiko.

Quem sabe Leiko fosse uma menina simples, a mais pura, a mais frágil de todas, e tivesse inventado essa trama complicada só para se proteger.

Hanio se perdia nessas lucubrações quando Leiko, já uma dona de casa prestativa, ergueu-se do leito jogando um *négligé* sobre o corpo.

— Que tal um trago, para dormir? — perguntou.

— Vai bem. Algo suave. Temos Cherry Heering?

— Oh, sim. Eu também fico com ele.

Leiko trouxe as taças de licor e foi até o armário no canto da sala para enchê-las. Em seguida, voltou com as taças cheias de licor vermelho-escuro sobre uma bandeja de prata.

— Saúde! — brindou em voz suave, com um sorriso algo heroico.

Ambos tocaram as taças, levando-as aos lábios.

Nesse momento, ao perceber um ligeiro tremor na mão de Leiko, Hanio arrebatou a taça de suas mãos e lançou o conteúdo sobre a bandeja de prata. A bandeja escureceu de pronto.

Hanio levou a própria taça ao nariz, derramando também o conteúdo sobre a bandeja. Ela escureceu até as bordas, até onde os respingos alcançaram.

— Mas por quê? Por que fez isto? — gritou Hanio, sacudindo Leiko pelos ombros.

— Você sabe por quê. Você sabe! Achei que se morrêssemos juntos agora seria a minha maior felicidade!

Leiko se jogou no leito e começou a chorar.

— Eu não quero morrer — replicou Hanio decidido, cruzando os braços, lutando para controlar a forte palpitação que jamais sentira em outras épocas diante da morte.

— Covarde! Você vendia sua vida! E agora essa!

— Uma coisa não tem nada a ver com a outra, e não vendi minha vida a você. Para começar, fui eu quem lhe pagou.

— Afinal, você não quer morrer comigo.

— Não me venha com esse choramingo de mulher vulgar. Mostre-se você mais decidida, como uma "mulher que põe a vida à venda". Seja como for, minha vida me pertence. Se a ponho à venda por decisão minha é porque estou preparado para isso. Ela não está à disposição dos caprichos de qualquer um. Recuso-me terminantemente a ser envenenado sem saber. O que você está pensando? Não sou esse tipo de homem.

— Se não é esse tipo de homem, de que tipo é?

A essa pergunta, Hanio não teve resposta.

Era verdade. Não sendo esse tipo de homem, que outro "tipo de homem" ele era? Não sabia. As palavras, proferidas com arrogância, pairaram de repente no ar feito balão. Não pareciam ter saído de sua boca, não a que conhecia até agora. Supunha que tudo que dizia fazia sentido, mas, pensando bem, algo lhe soava estranho. Fosse qual fosse o motivo, o que acabara de vociferar significava: "Não quero morrer de forma alguma."

Não seria trair-se a si mesmo? Afinal, que diferença fazia morrer vendendo a vida ou morrer assassinado sem saber? Jactara-se pouco antes de que só morreria "por decisão própria". Entretanto, não havia sido ele mesmo quem iniciara o comércio de "Vende-se vida", à procura de oportunidade e meio para ser morto por ação de terceiros, pois falhara em suicidar-se? Não pretendia ganhar dinheiro com isso, seus clientes é que lhe puseram dinheiro nas mãos, todos eles... Para Hanio, a morte inadvertida como a proposta por Leiko talvez fosse a opção mais desejada, e Leiko, que a planejou, a mulher mais apropriada, carinhosa, bondosa e bem-intencionada de todas.

Essas reflexões cruzaram a mente de Hanio, mas ele se viu na contingência de manter a arrogância. A palpitação ainda lhe alvoroçava o peito, e ele se recusava a admitir que fosse pavor.

44

Assim terminou a noite, mas desde então o relacionamento entre ambos se complicou terrivelmente.

Hanio passou a desconfiar de tudo que Leiko lhe oferecia para comer ou beber, e também Leiko lhe dizia, entre séria e brincalhona, enquanto mantinha Hanio sob severa vigilância para lhe impedir uma fuga:

— Isto não contém veneno, ouviu? Vou provar para você...

Em verdade, o veneno estava em seu olhar quando dizia coisas como essa. A ingenuidade e o carinho se foram para sempre, substituídos muitas vezes por uma ponta de desprezo. Ela dizia coisas como:

— Tenha muito cuidado com a gripe, já que a vida lhe é muito, muito preciosa!

— Tenha uma vida bem longa.

— Vamos criar um spitz? Me sinto insegura só com você, um cavalheiro pronto a me abandonar ao primeiro perigo.

— Não estaria massacrando seus nervos a preocupação que sente a cada refeição? Quer que eu misture nutrientes no seu arroz?

Leiko o seguia sempre, aonde quer que ele fosse, e o arrastava junto a todos os lugares aonde ia.

Passara a se vestir à moda hippie, pior do que antigamente, e a ingerir barbitúricos. Inventava modas estrambóticas. Criou um vestido de papel inflado em volta do corpo, inspirado nas lantejoulas, e foi vestida com ele a uma casa noturna, levando Hanio, para gritar a todos no auge da dança:

— Eu sou uma lantejoula! Aqui dentro só tem fogo! Me rasguem! Me rasguem, vamos!

E deixou que eles rasgassem a lantejoula, dançando apenas de calcinha vermelha, feito uma doida.

Hanio procurava uma brecha para fugir quando a sandice dos viciados se agravava, mas aparentemente a droga aguçava o sexto sentido dela.

— Aonde pensa que vai? — Leiko o barrava de pronto. Mesmo no banheiro, punha-se diante da porta até ele sair.

Ela, que já dissera uma vez a Hanio que a droga a fazia pressentir ou prever acontecimentos, dizia-lhe agora cara a cara:

— Você quer fugir esta noite, de qualquer maneira. Não vou deixar. Sei muito bem que guarda sua conta bancária no *haramaki*[16] e não o larga nem quando dorme. Grande covarde, só quer proteger a própria vida! Avarento! Tente fugir e eu o mato! Se quer vida longa, é melhor que não fuja. Está vendo? Até que enfim enlouqueci. Não sabia que a loucura dava tanto prazer! Se soubesse, teria enlouquecido antes!

Gritava coisas como essa em meio ao barulho infernal do *go-go*.

Certa noite, porém, Leiko se queixou de cólicas e exigiu que Hanio a acompanhasse ao banheiro. Sem outro recurso, ele a seguiu, mas outras mulheres começaram a protestar e chamaram o gerente. Hanio foi expulso do bar.

Sua chance chegara!

Hanio correu feito louco pela cidade, noite adentro.

Procurou despistar, andando e seguindo por meandros, tomando a direção que lhe parecia a mais improvável. A correria podia despertar atenção. Por outro lado, causava-lhe pavor

---

16. Faixa abdominal.

ter de parar e discutir preço com taxistas petulantes àquelas horas, quando os táxis escasseiam. Assim, outro jeito não havia senão continuar andando sem parar nem sequer um instante.

Cada minuto vinha impregnado de perigo.

Queria alcançar de qualquer maneira um ponto seguro, dobrando tantas esquinas quantas encontrasse, infiltrando-se no casario por tortuosas ruelas banhadas em luz de néon, pisando em ratos mortos e desvencilhando-se de meretrizes que lhe puxavam as mangas.

A andança o levou ao quarteirão de um obscuro bairro residencial de terceira classe. Mergulhadas no sono, as casas alinhavam alpendres baixos sob a ferrovia elevada. O lixo se acumulava aos montes à margem do talude, e a rua, que nem ao menos era pavimentada, estava coberta de pedras deixadas por alguma obra, expostas à escassa claridade da iluminação pública.

Hanio afrouxou um pouco o passo e se preparava para dobrar uma esquina, enxugando a testa molhada de suor, quando ouviu passos furtivos às suas costas, despercebidos até aquele momento quiçá por causa da afobação. Os passos se iniciavam quando Hanio se punha a andar, e cessavam quando parava.

45

Não via sombra de gente quando se voltava, mas os passos o perseguiam de forma sorrateira quando se punha novamente a andar.

Hanio tentou se convencer de que, provavelmente, o eco dos próprios passos o amedrontava e resolveu não se incomodar mais com aquilo. Pelo jeito, a rua onde se achava conduzia logo adiante a uma área bem iluminada. Ansioso por claridade, Hanio apressou o passo. Naquele momento, algo lhe picou a coxa.

Mosquito é que não podia ser, naquela época do ano. A dor fora instantânea, e ele prosseguiu para chegar enfim a uma rua larga e iluminada. Foi um alívio.

As lojas se encontravam sem dúvida fechadas. Luminárias públicas em forma de lírio-do-vale, acesas em profusão, iluminavam inutilmente vitrines e anúncios, e automóveis percorriam ruidosamente aquela típica rua urbana.

Hanio descobriu na entrada de uma travessa, do outro lado da rua, um anúncio luminoso em que se via escrito em letras brancas vazadas:

"Pernoite   800 ienes
Repouso   300 ienes"

Assegurou-se de que não havia ninguém nas proximidades, cruzou a rua, circulou outra vez o olhar ao derredor e entrou na travessa.

A pequena hospedaria Keikokan era sem dúvida alguma um hotel de encontros. Um hotel como aquele, isolado, naquele lugar, era impensável.

Frágeis insetos alados se juntavam ao redor da obscura lâmpada da entrada. Hanio correu o *shoji* frontal e viu que não havia recepção.

Pressionou uma campainha amarelada, já rachada, abaixo de uma papeleta que anunciava: "Aperte esta campainha se não tiver ninguém."

Ela soou delicadamente nos fundos da casa. Ouviu-se um barulho, como se alguém tivesse tropeçado e derrubado alguma coisa, e ao mesmo tempo um "ai, ai, ai", seguido de uma tosse prolongada. E surgiu uma velhinha minúscula.

— Sim? Quer passar a noite? — perguntou, erguendo um olhar inamistoso a Hanio.

— Isso mesmo. Tem vaga?

Hanio perguntou por educação, certo de que vagas eram o que não faltava.

— Pois é, os melhores quartos estão todos ocupados. A vida não vai bem, mas o nosso negócio vai. Não temos ar-condicionado nem nada, mas muitos fregueses nos procuram no verão. Aqui é escondido, podem entrar sem medo. Como numa loja de penhores.

Instintivamente, Hanio entendeu que o hotel era para *voyeurs*. Se insistisse em um "bom quarto", ela lhe arrebataria com certeza cinco mil ienes e o levaria a um quarto onde haveria por certo um orifício minúsculo para espiar. A velha usava com habilidade seu linguajar. Ao dizer que não lhe faltavam clientes mesmo no verão, e sem ar-condicionado, sugeria sutilmente o serviço especial da casa.

Mas Hanio cortou a conversa de pronto.

— Um quarto ruim está bem. São oitocentos ienes o pernoite, certo?

No mesmo instante, a velha fechou o rosto como uma porta. E então conduziu Hanio a um quarto oblongo de três tatames nos fundos do segundo andar, estreito como um depósito. Embolsando os oitocentos ienes, desceu pela escada rangente após avisar:

— O futon está no armário. Retire de lá quando quiser dormir.

Pelo jeito, nem chá seria servido.

Morto de cansaço, Hanio quis lhe pedir que estendesse o futon, pois queria dormir sem tardança, mas desistiu, por entender que a resposta seria apenas uma carranca.

Os carros na rua pareciam trafegar pelo interior da casa, tamanho o ruído que sacudia o quarto pequeno e comprido. A cidade e sua ruidosa maré noturna. Uma mulher gemia no fim do corredor. Mas os gemidos se prolongavam num longo fio de suspiro. Hanio deixou de se preocupar com isso. A privada cheirava um pouco.

Do outro lado do teto, havia o céu noturno envolto em *smog*. Ao pensar nisso, com os braços por travesseiro e os olhos no teto manchado pela chuva, Hanio sentiu a presença da máquina de Deus. O imenso céu estrelado se espalhava do lado de fora dos tetos cheios de lustres dos grandes salões de conferência, assim como dos hotéis de ratos como aquele onde se achava. Debaixo dele, a tragédia e a solidão em nada difeririam da felicidade e do sucesso. Bastaria revirar qualquer um desses tetos e o mesmo céu estrelado viria espiar por todos os lados. A insipidez de sua vida estava diretamente conectada ao céu estrelado. Possivelmente, seria ele, Hanio, o "Príncipe das Estrelas" escondido naquela mísera hospedagem.

Puxou o futon úmido e gelado para fora do armário e o estendeu com desleixo, preparando-se para dormir do jeito como estava, por pura preguiça, mas antes arrancou com violência as calças que lhe apertavam. Naquele momento, sentiu uma dor na coxa. Um espinho minúsculo parecia ter atravessado a calça e se cravado na coxa. Procurou, mas havia sumido. Examinando a coxa com cuidado sob a luz da lâmpada, notou que um fragmento do espinho se introduzira sob a pele, escurecendo-a naquele ponto. Não sangrava, mas latejava ligeiramente.

Tentou dormir, mas custava a pegar no sono. O rosto de Leiko lhe vinha à memória. Uma visão o atormentava. Com os olhos fixos nele, Leiko enfiava o dedo na "Casa das Formigas", apanhava duas ou três e as lançava contra o rosto de Hanio. Entrementes, a dor na coxa se fez aguda. A coxa inteira estava cálida, provavelmente devido à febre, dificultando ainda mais o sono.

46

Cedo pela manhã, Hanio deixou a Keikokan e, arrastando a perna dolorida, procurou uma farmácia madrugadora. A que encontrou aberta pareceu-lhe apática e, por isso, pediu apenas analgésico e antibiótico, sem mostrar o ferimento. Aplicou rapidamente ele mesmo os curativos necessários em uma lanchonete próxima, e sentiu-se um pouco aliviado.

Ocorreu-lhe então que, para escapar da perseguição, talvez fosse até melhor se aboletar num hotel de grande porte. Decidiu comprar roupas da melhor qualidade possível e uma mala de viagem. Para isso, precisaria antes de tudo aguardar o horário de abertura dos bancos.

Quase à tarde, Hanio conseguiu acomodar-se no hotel K.

O apartamento era panorâmico. Jogou-se na confortável cama de casal para compensar a insônia da noite anterior. A dor na perna se atenuara um pouco, mas procurou refazer o curativo e, com esse intuito, foi examinar a perna à luz da janela.

Era uma bela tarde de maio. Nuvens se estiravam esparsas sobre a rodovia, e numerosos veículos corriam velozes por ela. À distância, pareciam minicarros. Tudo muito claro e concreto. Em suma, a sensação de estar sendo perseguido parecia nada mais que uma fútil ilusão, provocada por obra de Leiko.

Mas, naquele momento, recordou-se de repente de um detalhe inquietante: "Leiko me disse que me viu em fotografia. Quem a teria divulgado, e de que forma?"

Entretanto, perturbar-se por bobagens era supor que prezava a vida, pois, caso contrário, a ansiedade não deveria afetá-lo. Recusar a morte involuntária não era prezar a vida.

Hanio examinou com cuidado a coxa desnuda sob a intensa claridade. Limpou a medicação aplicada e observou o resto do espinho sob a luz.

Tinha um formato estranhamente regular, em se tratando de espinho. Mesmo a cor escura não se assemelhava à da madeira. Mais parecia um fragmento metálico fusiforme. Era mais grosso que supusera na noite anterior. Pelo aspecto, achava-se bem encravado. Assim, a inflamação não causava surpresa.

Não atinava onde aquilo poderia ter sucedido, por mais que puxasse pela memória. Protegera-se ao lado de uma lixeira para se desvencilhar dos passos que se aproximavam. Quiçá um prego? Improvável, pois se ferira enquanto andava. Também não via como ser picado por um espinho só por andar. Repassando a memória com todo o cuidado, pareceu-lhe ter ouvido um ruído sibilante no instante da picada. Seria apenas ilusão?

De repente, Hanio se pôs a rir.

Essas preocupações todas só podiam significar que já estava possuído pela ansiedade, justo ele, que nuca se sentira ansioso, mesmo quando dera seu sangue para uma vampiresa sugar, noite após noite!

Ocorria-lhe, pensando bem, que poderia ter perdido, e havia tempo, a consciência de que a própria vida era ansiedade. Talvez fosse sinal de que aos poucos estivesse recuperando a "vida", sem perceber.

"Se a ferida piorar, procuro um médico. É só isso."

Pensando nisso, refez os curativos, ingeriu o antibiótico e se entregou a um sono agradável.

Já estava escuro quando acordou. Com fome, quis descer ao restaurante, mas desistiu, pois não queria ser visto. Algo o apavorava, sem dúvida, e temia que o pavor se revelasse ao se perceber excessivamente preocupado com os olhares. Bastava jantar no quarto, não por pavor, mas por vontade própria. Para que se preocupar com os outros? Dinheiro ele tinha ainda de sobra.

Pelo serviço de quarto pediu *tenderloin steak*, *waldorf salad* e uma garrafa pequena de vinho. Quando o garçom chegou com o carrinho a ranger, Hanio não deixou de lhe lançar um olhar de soslaio.

Era um garçom alto. Havia vestígios de espinhas meticulosamente espremidas no rosto petulante, o que não servia de prova de que o rapaz não fosse ligado a alguma organização. Todos os homens fazem parte de algum tipo de organização e planejam assassinar os que se acham em absoluto isolamento.

O jantar fora excelente, o vinho maravilhoso. Hanio passara a longa noite diante da televisão, sem poder conciliar o sono perturbado pela sesta da tarde. Quando a tela se fez cinzenta e cintilante, finda a programação do dia, Hanio teve momentaneamente a impressão de ter visto, em súbita aparição, o rosto talvez de Ruriko, ou de Leiko, ou da vampiresa, tentando lhe dizer algo. Mas a tela mostrava apenas um deserto de areias cintilantes.

Começou finalmente a bocejar às duas horas da madrugada.

Decidiu ir para a cama levado pelos bocejos, e dirigiu-se ao banheiro. Então alguém bateu sorrateiramente à porta.

"Ué, será um cliente?", pensou Hanio de relance, mas nenhum cliente viria procurá-lo ali.

Mesmo porque o anúncio fora retirado havia tempo e seria impossível que alguém soubesse de sua presença naquele hotel onde se registrara com um nome falso.

Quem seria?

Bateram novamente à porta, dessa vez com mais energia.

Hanio escancarou a porta.

Um homem trajando capa de chuva e um chapéu à cabeça estava parado no corredor.

— Quem é o senhor? — perguntou Hanio.

— É o senhor Tanaka? — retornou o homem.

— Não, não sou.

— Ah, não? Então me desculpe.

A resposta veio monótona, e nem de longe soava sincera. O homem se esquivou, deslizando de lado pelo corredor. Hanio o seguiu com os olhos e fechou a porta. O coração palpitava.

"O jeito como falou e partiu não é normal! Me descobriram! Vou procurar outro hotel amanhã", decidiu, trancou a porta e se preparou para dormir.

Contudo, dormir era impossível.

A dor na perna se abrandara. Tinha, contudo, a impressão de que o homem ainda perambulava em volta do quarto. Não sentira pavor algum ao pôr sua vida à venda e, no entanto, agora um pavor peludo e cálido se agarrava com unhas dentes a seu peito, como se abraçasse um gato para dormir.

47

Cedo na manhã seguinte, Hanio fez o *check-out* e, levando a mala vazia, foi ocultar-se em um quarto de outro hotel.

Não estava propenso a circular pela cidade, e passou o dia assistindo à televisão, sem nada mais a fazer. A lassidão lhe roubava o apetite.

À medida que a noite se aprofundava, mergulhando o hotel em silêncio, a inquietação se adensava em seu peito. Dava-lhe vontade de fugir, mas, se fugisse, era de se esperar que os passos misteriosos voltassem a persegui-lo.

A espera indefinida era uma sensação que não experimentava havia muito tempo. Enquanto esperava os clientes que vinham lhe comprar a vida, Hanio se isolava do tempo e da vida, e nada o perturbava. No entanto, agora, naquela expectativa indefinida, como se aguardasse a chegada de uma namorada, o futuro lhe parecia sólido e pesado.

Duas horas da madrugada. O corredor mais parecia o de um hospital, e desses que conduzem ao necrotério. Hanio abriu a porta numa fresta e se certificou de que não havia ninguém por lá. A lustrosa poltrona de couro vermelha se destacava a distância sob a luz, defronte ao elevador.

Duas e meia, e alguém bateu à porta, como se esperava. Como Hanio não atendeu, a batida se repetiu.

Hesitante, deixou de atender diversas vezes, mas acabou abrindo a porta.

Lá estava um homem corpulento de terno listrado, diferente daquele da noite anterior.

— Quem é o senhor?

— É o senhor Ueno?

— Não.

— Ah, me desculpe.

O homem se curvou educadamente e, com toda calma, se foi em direção ao elevador.

O coração batia forte no peito de Hanio quando ele retornou ao leito.

Sentiu naquele instante uma ligeira pontada de dor na coxa. Uma inspiração divina faiscou em sua mente: "Então é isso! Ah, malditos! Foi isso que aconteceu!"

Procurou o ferimento debaixo da luz, removeu apressadamente o curativo e pôs o dedo sobre a ferida. Dobrando o corpo numa postura forçada, aplicou o ouvido sobre ela. O fragmento de espinho emitia uma vibração sutil. Um transceptor minúsculo e delicado havia sido injetado em sua coxa. Podia fugir para onde quisesse: ele seria descoberto.

Procurou imediatamente extraí-lo com a unha. Impossível; estava encravado fundo na carne. A racionalidade lhe retornava aos poucos.

"Bem, não adianta arrancá-lo agora. Já se inteiraram de onde estou e vieram checar. Eu o arranco amanhã, quando deixar o hotel, e depois desapareço. Preciso procurar um hospital, mas depois de extraí-lo. É mais inteligente extrair antes, e depois buscar tratamento, do que deixar para o médico, para não atrair suspeitas."

Tendo se decidido, dormiu bem a noite. Na manhã seguinte, pediu de desjejum um bife que nem queria, mas precisava de uma faca de carne, que cortasse bem. Levou-a ao fogo de um fósforo e espetou-a em seguida na coxa. Um fio metálico delgado foi expelido junto com sangue ao golpe da faca.

48

Ao ver o ferimento na coxa de Hanio, o médico fez uma cara feia. Era um jovem de nariz empinado, frio e autoconfiante.

— Que diabo de ferimento é esse? Parece ter sido provocado por uma facada. Se foi briga, é preciso se reportar à polícia.

— É verdade, foi facada. Mas fui eu quem dei.

— E para quê?

— Um prego enferrujado. Ele ficou encravado. Pensei que poderia provocar tétano, seria ruim.

— Pavor exagerado, de leigo.

O médico nada mais perguntou. Preparou-se para suturar o ferimento e aplicou anestesia local. A picada foi forte, mas Hanio estava tranquilo só de pensar que "eles" não tinham ideia de onde se encontrava, um pequeno hospital. A parede branca, os bisturis enfileirados nas prateleiras e os recipientes metálicos com soluções antissépticas, nada ali contribuía para um ambiente familiar, mas só o fato de ninguém saber onde estava lhe proporcionava uma paz profunda.

Hanio fechou os olhos. Não havia mais dor. A sensação era de que estavam costurando a calça de couro espesso que vestia.

Saiu do hospital com a recomendação de voltar depois de uma semana para retirar os pontos. Contudo, nunca mais retornaria. Os pontos podiam ser retirados em qualquer lugar que estivesse preparado para realizar pequenas cirurgias.

Hanio caminhava à luz do sol, atento a eventuais rastreadores, especialmente ao dobrar esquinas, hábito adquirido recentemente.

Mas para onde iria agora?

O melhor era fugir de Tóquio. Estava claro o porquê, não precisava mais mentir a si próprio. Tratava-se, sem tirar nem pôr, do "pavor da morte".

49

Nada mais seguro que não saber, ele próprio, para onde estava indo.

Ao chegar a Ikebukuro, arrastando a perna dolorida já livre do efeito da anestesia, Hanio se pôs a andar de um lado a outro pela loja de departamentos S, examinando os balcões de venda. Ternos de verão para cavalheiros, camisas, mas também geladeiras, cortinas de bambu, leques, tudo para o verão vindouro, ignorando por completo a estação atual, que nem sequer chegara ao período de chuvas. Inúmeros produtos pressupunham as pequenas casas, os pequenos lares para onde seriam levados. Era sufocante. Por que as pessoas prezam tanto a vida? Como entender esse apego em pessoas que nem ao menos enfrentavam risco de morte? Só pessoas como ele podiam se mostrar tão afeiçoadas à vida.

Em um trem da linha Seibu, e sem destino definido, Hanio observava perdidamente a paisagem dos campos da periferia. Sobrevinha-lhe uma sensação sinistra, de que todos o conheciam e fingiam desconhecê-lo. O universitário pendurado na alça do trem, pela aparência um membro do Zengakuren, e ao seu lado a colegial de uniforme, típica beleza japonesa, o homem de meia-idade, quadrado e robusto, quem sabe um ex-oficial subalterno do antigo Exército japonês, todos eles pareciam submetê-lo a um rápido exame de vista, como se conferissem o retrato de um assassino procurado pela polícia, exposto defronte aos postos policiais.

"Lá está ele! Vou fingir que não vi, desço na próxima estação e aviso a segurança!"

Quem sabe estivessem descobrindo no rosto de Hanio a sombra do inimigo da sociedade.

O ar tépido de maio misturado ao odor de corpos humanos no interior do vagão levara Hanio a sentir pela primeira vez após um longo período o cheiro insuportável da "sociedade". Teria coragem de retornar a esse fedor, ele que já fugira uma vez da sociedade? Ela era harmoniosamente administrada porque ninguém tinha consciência do próprio odor. O cheiro das meias do estudante universitário, que ficavam uma semana sem ser lavadas, o doce aroma das axilas das colegiais, associado ao seu "perfume virginal" forte e característico, o cheiro de chaminé fuliginosa do homem de meia-idade… como as pessoas exalavam odores sem o mínimo recato! Nisso, Hanio se considerava desprovido de odores, mas não estava convencido.

O bilhete que adquirira lhe permitia viajar até Hanno, a estação final, e poderia desembarcar antes, em qualquer outra estação que lhe aprouvesse. Entretanto, outra vez preocupado com perseguições, imaginou que, se desembarcasse de repente, alguém poderia segui-lo. Assim, correu em direção à porta segundos antes de se fechar.

Mas parou sem descer. Um homem magro, de bigodes de raposa, afobado, tentou descer com Hanio e deu com o nariz na porta. Esse homem fuzilou Hanio com o olhar até a estação seguinte. Isso o aborreceu. Mesmo assim, achou mais confortável ser alvo de hostilidade ostensiva.

Em Hanno, os passageiros que desceram com Hanio se dispersaram, e ele pôde sair com toda a tranquilidade para a praça deserta defronte à estação. Atraiu-lhe a vista um enorme mapa que indicava trilhas para excursão. No entanto, não queria mais andar, extenuado como se sentia.

Havia uma pousada de aspecto humilde em frente à estação. Bem-vestido como estava, foi logo convidado a entrar quando parou à entrada.

Em um quarto do segundo andar, Hanio abriu a janela ao lado do *tokonoma* e se pôs a observar o céu até o entardecer. Hanno era uma cidade plana e realmente prosaica. O céu perdia cor em silêncio, a tarde caía. Então ele percebeu uma aranha que vinha descendo do beiral.

A aranha descia diante dos olhos de Hanio por um filete de teia que luzia à luz do sol poente.

Era uma aranha pequena, dir-se-ia uma pelota de lã disforme pendurada num filete semelhante a um fio de fibra sintética. Não havia como passar despercebida a Hanio. De súbito, a aranha deu impulso ao corpo, balançando-se na ponta do filete, como se pretendesse realizar um número circense.

"O que ela quer fazer?", pensou distraído.

Entretanto, o movimento pendular começava a ganhar amplitude. A aranha crescia a olhos vistos, mudava de forma e, num piscar de olhos, transformou-se num machado. O filete engrossava, já era uma corda prateada. O machado rompeu os ares com um sibilo e atingiu o rosto de Hanio, fazendo reluzir o fio da lâmina.

Hanio se jogou de costas sobre o tatame, cobrindo o rosto com as mãos. Ao recobrar os sentidos, viu que não havia mais sombra da aranha. Uma tênue lua crescente flutuava bem no centro da janela redonda. Quem sabe tivesse visto nela a lâmina reluzente do machado.

"Será que estou ruim da cabeça?"

Lembrou-se da doença de Leiko e estremeceu.

50

Nada mais aconteceu.

Hanio saiu para conhecer o recanto onde passaria a viver. Não havia nada na cidade que lhe atraísse a atenção. Lojas de tonéis para ofurô e vendas de doces se defrontavam sob amplas marquises em ruas largas e bem planejadas, onde casas pobres se enfileiravam a perder de vista. Um povo apático ao extremo parecia habitar a cidade, mas isso até lhe dava tranquilidade.

Certa tarde, ao seguir por uma quadra deserta demais em direção a um cruzamento que se elevava do nível da rua feito sela de cavalo, um caminhão em marcha a ré surgiu de repente, avançando para o cruzamento.

Hanio observou com respeito o enorme e intimidante caminhão galgar o cruzamento. Contra a atmosfera empoeirada do céu da tarde, pareceu-lhe por um instante um enorme elmo de alguma tribo selvagem.

Atravessando o cruzamento com um solavanco, o caminhão veio diretamente em sua direção. Com a impressão de estar num pesadelo, Hanio recuou de um salto e fugiu para o outro lado da rua, mas o caminhão o perseguiu. Não havia loja por perto onde pudesse entrar e pedir socorro. Apenas sebes vivas ou rústicas cercas de madeira se estendiam pela rua, contínuas e indiferentes. O caminhão o perseguia à direita e à esquerda, como se brincasse de caçar. O céu de tênues nuvens se refletia no para-brisa feito um quadro que ali estivesse pregado, não deixando ver o rosto do motorista.

Sem tempo sequer para ler a placa do veículo, Hanio se meteu numa ruela, esperando não ser perseguido, mas o caminhão entrou por ela, lenta e vagarosamente.

Nada mais havia atrás de Hanio senão um portão fechado, sustentado por velhas colunas de pedra. Aos poucos, o caminhão se aproximou até chegar ao seu nariz. De súbito, engatou a ré e se foi pela ruela como uma negra avalanche de aço.

Hanio se agachou ali onde estava, com o coração aos pulos. O desmaio por anemia que havia sofrido enquanto passeava com a vampiresa viera associado de um bem-estar indescritível. Esse pavor que sentira, porém, era algo novo, nunca experimentado.

51

Nem tinha vontade de retornar à hospedagem e enfrentar o jantar insosso. Hanno deixara de ser um lugar seguro.

Certificando-se de que o caminhão se afastara, procurou ao menos retornar à iluminada área comercial e sair para a cidade espaçosa, poeirenta e ordenada. Uma multidão de transeuntes passava por ali, brotando misteriosamente sabe-se lá de onde.

Embora fosse um bairro comercial, o que se viam eram lojas velhas e sem vida. Alguns tentavam vender calçados esportivos, expostos desordenadamente em vitrinas poeirentas, jogados uns sobre outros e amassados, alguns com a sola de borracha colada ao vidro, outros pendurados desmazeladamente em cordões, como se tivessem sido juntados às pressas, recolhidos dos mortos em um campo de concentração.

Seja como for, todas as luzes do bairro estavam acesas e as pessoas se aglomeravam diante das quitandas bem iluminadas.

Nisso, Hanio notou um zumbido semelhante ao de abelhas, cálido, musical e incrivelmente nostálgico.

Vinha de uma pequena marcenaria cuja porta, semiaberta, deixava entrever as aparas claras da madeira e o brilho da serra circular. Na porta estava escrito: "Caixotes, estantes para livros, e qualquer produto de madeira de sua preferência, para pronta entrega."

Com a marcenaria na cabeça, Hanio foi a uma relojoaria um pouco adiante. Ela parecia marcar o compasso das horas havia muito passadas, sem ter lá muitos fregueses. Hanio entrou despreocupado.

— Quero um relógio.

— Sim, aqui é uma relojoaria, só temos relógios. Que tipo de relógio o senhor quer? — perguntou a dona da loja, de rosto branco e meio inchado.

— Um cronômetro, e que seja barulhento.

— Será que temos algo assim?

Hanio conseguiu um cronômetro antigo, de marca desconhecida, daqueles que eram usados nas competições esportivas da era Meiji. O ponteiro de segundos produzia um ruído exageradamente honesto e seguro quando se apertava o botão de acionamento.

Com o cronômetro, retornou à marcenaria pela qual passara momentos antes.

— Por favor, daria para produzir uma caixa pequena sem muita demora?

— Dá, sim, estamos com as mãos livres — respondeu o marceneiro, um senhor magro meio idoso, sem se voltar para Hanio.

— Queria que fizesse uma caixa para este cronômetro, com urgência.

— É para isso aí? Quer guardá-lo numa caixa de madeira, para presentear alguém? A relojoaria deve ter caixas para isso.

— Não. É uma caixa meio especial. Um pouco grande, nada parecida com uma caixa de relógio. Deve ser bem rústica. O mostrador e as outras partes devem ficar escondidas.

— Então não presta para o relógio.

— Olhe, faça como lhe pedi, sem perguntas. Deixe só o botão de fora, e envolva hermeticamente o restante. Queria que pintasse o exterior com laca preta.

— É para deixar o relógio escondido?

— Sim. Só o ruído deve ser audível — explicou Hanio com calma e paciência.

O cronômetro foi instalado na caixa, que ficou realmente esquisita. Mostrava apenas o botão, num minúsculo orifício. A laca negra cobriu impiedosamente o rústico desenho da madeira em pouco tempo. A caixa não revelava sua utilidade pelo aspecto externo, mas, quando se pressionava o botão, deixava ouvir claramente o tique-taque que vinha do interior.

— Ótimo! Já tenho com que me defender — murmurou Hanio consigo mesmo.

A caixa, embora um pouco volumosa para ser guardada no bolso do paletó, lhe dava certa tranquilidade quando a tinha consigo. Acionado, o cronômetro marcava ruidosamente o tempo dentro de seu bolso.

"Se mesmo nesta cidadezinha vulgar, e tomando todos os cuidados, ainda conseguem me farejar, então tanto faz onde eu esteja", Hanio concluiu com convicção.

O pavor não se dissipara, mas os dias seguiam sem incidentes.

Estranhava ainda estar vivo, sempre que acordava de manhã. Para o seu sossego, a ilusão da aranha não se repetira mais.

Excursionistas costumavam passar em frente à estação Hanno, mas os estrangeiros eram raros.

Certo dia, ao se dirigir à estação para comprar cigarros, um estrangeiro elegante, meio idoso, de *knickerbockers* axadrezadas e chapéu tirolês verde, veio lhe pedir informações, levando cortesmente a mão ao chapéu.

— Por favor, poderia me informar onde fica o monte Rakan?

— O monte Rakan? Bem, passe a Câmara de Indústria e Comércio, dobre à direita, depois à esquerda no Departamento de Polícia e siga até o salão público. O monte fica logo atrás.

Hanio conseguiu responder como um morador da área.

— É mesmo? Muito obrigado. Ficaria grato se pudesse me levar até as proximidades, pelo menos até onde eu possa me orientar. Não conheço nada da geografia deste lugar. Por gentileza.

Hanio não tinha nada para fazer e resolveu guiar o estrangeiro bem-apessoado. Ele dizia, olhando o céu:

— Belo "saúde", não?

Hanio o corrigiu:

— O senhor quis dizer belo "tempo".[17]

Já era capaz dessas amabilidades.

A rua ao lado da Câmara de Indústria e Comércio se achava em sombras e havia dois ou três carros estacionados, entre eles um de procedência estrangeira, preto, belo e bem polido.

— Belo carro, não? — O estrangeiro passou ao lado do carro, estendendo a mão como se fosse alisá-lo, e, de súbito, abriu a porta com toda a naturalidade. Hanio não acreditava no que via.

— Vamos, suba! — disse o estrangeiro em voz baixa como se ralhasse. Havia um revólver em sua mão.

---

17. Os termos são parecidos em japonês: *genki* e *tenki*.

52

Sem as mãos livres, Hanio foi imediatamente forçado a pôr óculos de sol. O carro partiu.

Os óculos eram elegantes. Possuíam pequenos visores triangulares de ambos os lados que protegiam a vista dos raios solares, mesmo ao se olhar de viés. Mas nem por isso permitiam enxergar. O que por fora pareciam óculos de sol era na realidade uma venda, pois as lentes eram internamente revestidas de mercúrio. Hanio tinha sido vendado, decerto para que não soubesse aonde estava sendo levado.

O inglês de chapéu tirolês dirigia o carro. Entretanto, eles não estavam sozinhos. Mal fora jogado no assento traseiro, um outro homem aparecera e rapidamente lhe pusera os óculos, sentando-se ao seu lado com um revólver cujo cano ele mantinha pressionado contra o ventre de Hanio. Nem houve tempo para prestar atenção nesse homem.

O carro seguia em velocidade, com os três homens calados. Hanio se perguntava onde seria morto. O jazz alegre do rádio era tudo que lhe vinha aos ouvidos, impedindo-o de elucubrar raciocínios sérios.

O cinismo lhe queimava a boca do estômago como um violento ácido gástrico: nada havia a fazer, pois ele mesmo tinha escolhido por destino aquela forma desarrazoada de morrer no instante em que pusera o anúncio "Vende-se vida". Para sua surpresa, o pavor da morte que o acompanhara durante o período de fuga havia de súbito desaparecido.

Que pavor fora aquele? Durante todo o tempo em que tivera consciência de que a morte o perseguia, ele se agigantou diante de seus olhos como uma estranha e imensa chaminé negra assoberbando o horizonte, sempre à vista, por mais que desviasse o olhar. Agora, não havia sinal da chaminé.

Esse pavor deixara sua lembrança na região da coxa, mas a dor se fora assim que teve os pontos removidos em um hospital de Hanno. Fato é que são as incertezas que provocam o máximo de pavor, mas ele desaparece no instante em que se constata: "Então é apenas isso!"

O homem examinava com frequência as mãos de Hanio para ver se estavam bem amarradas, e Hanio sentia os pelos abundantes do braço dele roçarem sua pele antes mesmo do toque de sua mão. Pelo visto devia ser estrangeiro também, pelo odor de seu corpo, um misto de cebolinha chinesa e gás de cozinha, persistente, meio adocicado. Sim, definitivamente tratava-se de um estrangeiro, mas era só o que podia saber.

A princípio, Hanio se julgara em condições de contar calmamente quantas curvas o carro fazia para a esquerda, depois de deixar a pista pavimentada, e por quantos cruzamentos férreos passava. Entretanto, percebeu aos poucos a inutilidade do esforço, que talvez valesse a pena em um trajeto curto. O carro, contudo, rodava já por mais de duas horas, a maior parte do tempo em rodovias pavimentadas, o que lhe permitia supor que não pretendiam levá-lo a um local ermo para fuzilá-lo e jogá-lo no fundo de uma ravina. Talvez estivessem indo em direção a Tóquio.

Nisso, o carro entrou trepidando com violência em uma estrada esburacada e subiu uma ladeira acentuada. Percebia-se que o vento começava a soprar e escurecia.

Quando enfim o carro estacionou, Hanio sentiu que sua morte não estava tão próxima, o que lhe trouxe certa intranquilidade. Retirado do carro, percebeu que passavam por uma trilha arenosa e entravam em uma casa ocidental, porque sentiu claramente que pisava um carpete.

53

Hanio estava agora numa sala subterrânea. Havia sobre o piso gélido de concreto algumas cadeiras enfileiradas e uma mesa rústica. Ele estava sentado em uma das cadeiras, com as mãos amarradas à frente. Os óculos de sol haviam sido removidos.

Seis homens se achavam ali, inclusive os dois que vieram com ele no carro. Hanio reconheceu os outros quatro. Três eram os estrangeiros que presenciaram o teste da droga extraída do besouro, entre eles o idoso Henry, agora sem o dachshund. O quarto era um oriental de meia-idade, sempre de gorro: o inolvidável patrão de Ruriko. Carregava como de hábito o enorme caderno de desenho.

O estranho homem de meia-idade ofereceu um cigarro a Hanio. Acendeu-o e veio sentar-se ao seu lado. Os outros cinco ora se erguiam, ora se sentavam nas cadeiras, mas sem despregar os olhos dele. E os dois que vieram no carro mantinham suas armas apontadas para ele, prontos para disparar.

— Então começar interrogatório — disse o oriental com uma voz viscosa e estranhamente cálida que reverberou pela sala. — Para começar, bom você confessar aqui que é da polícia.

Essa conversa inesperada assustou Hanio.

— Por que acha que sou da polícia?

— Oh, pode disfarçar como quiser. Você vai confessar pouco a pouco.
Olha aqui. Caminho mais curto é falar para você por que a gente deixou você solto até agora, sem acabar com você. Eu vou falar. Eu gosto de convencer, de fazer paz. Matar, deixo para os outros.

Quando saiu anúncio "Vende-se vida" pela primeira vez no jornal, eu desconfio e mando meu empregado, um velho, ver você. Vou trazer ele para você ver. Ele também quer ver você. Oi, vem cá, vem cá!

O oriental bateu palmas, que retumbaram feito uma trovoada de aplausos.

O velhinho surgiu da porta oposta àquela por onde Hanio entrara. Ele piscou os olhos e cumprimentou-o de longe com o olhar, sibilando entre os dentes.

— Sinto muito — disse ele, e foi imediatamente repreendido pelo oriental.

— Não fala bobagem. Hoje eu estou ansioso para retratar o senhor Hanio morrendo. Por isso, vim com este caderno de desenho. Quero bastantes poses. Então vou pedir uma coisa: você se contorce bastante, faz muitas poses, sofre bastante para morrer. Acho que agora entendeu um pouco.
Aquele anúncio chamou atenção porque sabia que a polícia investiga secretamente nossa sociedade, e não acha nada. Naturalmente, a polícia pensa que um agente sem amor à vida, como você, pode descobrir nossos segredos. Por isso, prestei atenção no anúncio.
Depois, deixo você encontrar Ruriko. Ela sabe demais, se deixa ela solta, ninguém sabe o que ela vai fofocar sobre ACS. Por isso, a gente precisa matar ela depressa. Deixa você encontrar com ela, e depois mata. Pensei que assim você vai contatar a polícia na mesma hora.
Mas você, muito inteligente! Espanta a gente! Bastante cuidadoso. A gente achava: se deixa você voltar vivo do apartamento de Ruriko, a gente descobre como você faz para obter e reportar informações. Claro, tiramos sua fotografia escondido. Este caderno de desenho é também câmera, está vendo?

O oriental mostrou a capa do caderno de desenho. Os dois "o" de sketch book estavam grafados com letras enfeitadas, imitando um olho aberto e outro piscando. O olho aberto era a lente da câmera embutida. Por sinal, a capa espessa causava estranheza.

— Você nem quis saber de fazer contato com a polícia. A gente achou esquisito você jantar com rato de pelúcia, e foi examinar, mas não tinha nenhum transmissor escondido no rato. Não deixou pista, muito inteligente, você! Muito espantoso! Então usei outra mulher. Também da organização. Tentei atrair você, para ver se, com jeito, fazia você confessar o que sabia. Mas acho que a solteirona se apaixonou por você. Morreu no seu lugar.
Cuidar de cadáver é sempre complicado, mas quando é suicídio, dá para arrumar. Então conversei com este senhor Henry: deixa você fugir e larga você solto mais um pouco.
De todo jeito, você deve ser morto alguma hora, mas usando você como isca, talvez vai dar para pegar outros espiões da polícia. Mas você, muito inteligente, não dá chance.
Enquanto isso, você se junta com a vampiresa. A gente começa a pensar que você é apenas um homem com vontade de morrer de forma esquisita, que nossas suspeitas são só desconfiança exagerada. A gente achou tudo uma grande besteira, e esperou a vampiresa chupar logo o seu sangue todo e você morrer. Assim, tudo vai acabar bem.
Mas não foi isso que aconteceu.
Você faz camuflagem desesperada. Você é mesmo um espião fantástico.
Sei muito bem o que andou fazendo depois. Finge que tem derrame cerebral, é hospitalizado e, enquanto a gente se descuida de vigiar, continua trabalhando.

— Nada disso… — protestou Hanio afobado.

— Desculpar não adianta. O ACS tem conexão com o país B. Esse país botou seu nome na lista de espião da polícia desde o caso do decodificador de cenoura. Foi erro praticar a sua verdadeira profissão naquele caso. Você foi desmascarado. Desmascarado, desmascarado, seu bobo!

Sorrindo afetuosamente, o oriental espetou a ponta afiada do lápis na garganta de Hanio.

— Depois disso, a gente acha melhor pegar você e fazer você falar tudo que sabe, para depois matar.
Mas a gente fica tranquilo por um momento, solta as rédeas, e perde você de vista. A gente se apavora. Verdade, se apavora. Agora, a gente está em perigo. Isso pensamos.
Mas a gente guardou fotografia com cuidado. A gente usou muitas cópias. Você devia estar brincando lá pelas bandas de Shinjuku, lá é o seu ninho velho. Por isso, a gente mandou vendedores de LSD, pessoal mais baixo da nossa organização, distribuir suas fotografias e procurar você.
Falamos para eles: distribui fotografias entre as vagabundas, pergunta se não conhece esse homem esquisito, que publicou anúncio "Vende-se vida". Mas nada. Você dormiu com muitas mulheres, mas teve muito cuidado. As mulheres não sabem onde você está agora, e você deixou o apartamento.
Tóquio tem população de dez milhões, fazer o quê.
Como faz para apanhar homem que sabe segredo do ACS, um piolho metido no meio deles, não sei.
Mas, senhor Hanio, existe um deus neste mundo, sabe? Ele nunca abandona a gente.
Esse deus gosta de gente que faz sociedade secreta, e dá força para essa sociedade.

acs surgiu do Honpan[18], por isso o deus do Honpan ajuda a gente até hoje. É o deus Hongjun Laozu. Conhece?
Na época da Revolução dos Rebeldes de Cabelos Longos, havia um homem chamado Lin na tropa de Zeng Guofan, que foi enviada a Huaiyang para combater rebeldes. Esse homem não sabe fazer guerra. Comanda milhares de soldados e sempre perde. Por isso o general Zeng fica bravo e resolve decapitar Lin. Lin fica apavorado e foge com dezoito subordinados. Ele corre desesperado. E corre, e corre. De madrugada, descobre um templo velho e passa a noite ali. Então, lá fora, começa um barulho. Parece muita gente chegando. Perigo! Todos pegam armas e se preparam para lutar. Mas não são inimigos, é gente da vila próxima.
Eles dizem:
"A gente escutou um barulho muito grande na nossa vila. A gente saiu para ver o que era, viu um enorme dragão de fogo serpeando no céu. Ele iluminou toda a redondeza com luz vermelha e caiu dentro deste templo. A gente achou que tinha alguém muito nobre pousando neste templo e veio ver."
Mais tranquilo, Lin perguntou o nome da vila. Que surpresa, era uma vila pequena, seiscentas ou setecentas milhas de onde tinham fugido. Quer dizer, correram só algumas horas e conseguiram chegar até ali!
Só podia ser ajuda do deus. Aí, viram que na placa do templo estava escrito: "Templo Hongjun."
Foi Hongjun Laozu quem salvou eles! No dia seguinte, juntam incenso, imolações e saquê para oferecer diante do altar.
Viraram todos bandidos justiceiros, roubando dos ricos para dar aos pobres.

---
18. Sociedade secreta chinesa do século XIX.

Foi assim que começou Honpan.
Bom, saí da conversa, mas por isso também rezei ao deus.
Aí este velho encontra você no parque, por acaso.

— É como ele diz — disse o velhinho constrangido, bem vestido como sempre, com uma mesura cortês a Hanio.

— Então é isso, tudo faz sentido agora. Mas eu não tenho nada a ver com a polícia. Vocês são supersticiosos, acham que todos os homens pertencem a alguma sociedade. Melhor se livrarem dessa superstição, do Honpan ou seja lá do que for. Neste mundo, existem homens livres que não pertencem a nenhuma sociedade. Que podem viver livremente, ou morrer livremente.

— Diz o que quer enquanto pode. Espantoso como a polícia japonesa possui espiões que dizem coisas inteligentes. Dá para ver que o treinamento é alto nível.
Mas ainda não acabei.
Depois que a gente perdeu o transceptor injetado na sua coxa, você escapa de novo.
Você sabe fugir muito bem. Diz que vende a vida, mas nenhum homem cuida melhor da vida como você. Mas tudo acaba esta noite.
Sabe como a gente descobriu você, depois que chegou a Hanno? A gente juntou informação de todas as hospedarias do Japão e abriu uma agência de viagem. Apresenta clientes, mas em troca junta informação dos hóspedes. Minha agência é muito boa. Presta bom serviço, tem boa fama, as hospedarias gostam da gente. Em troca, a gente fica logo sabendo quando um hóspede esquisito fica por muito tempo.
Examinou com muito cuidado as hospedarias de cada região. Examinou todos os hóspedes da sua idade que ficam muito tempo.

Fez triagem, desconfiou de um que se hospedou perto da estação Hanno e foi ver. E acertou. Muita sorte. A gente pega um espião como você, faz ele confessar e mata depois. Todos recebem dinheiro da sociedade. Por isso todos fazem força. Os estrangeiros aqui gostam muito de dinheiro, todos eles. Bem, agora pergunto: quantos agentes iguais a você, investigando o ACS, a polícia tem? Onde eles estão? Que tipo de trabalho eles fazem e como fazem contato?

Hanio se lembrou da caixa preta no bolso, e depositou suas esperanças no constrangimento estampado no rosto do velhinho.

54

"Então é isso... então é isso." Hanio assentiu apenas com a cabeça sem dizer nada.

— E agora vão me torturar?

— Sim. Depois a gente retrata tudo com calma, e abre exposição interna com companheiros, juntando o antigo quadro de você e Ruriko na cama. Acho que vai dar bela exposição, ambiente perfeito e artístico. Um homem nasce, ama e morre, tudo muito natural.

— Suponha que eu me mate antes de ser torturado. O que vai fazer?

— Vai morrer mordendo a língua?

— Não, vou levar todos junto comigo.

Hanio enfiou a mão ainda amarrada no bolso do paletó, retirou a caixa do cronômetro e acionou o botão. O ruído do tique-taque soou nitidamente.

— Estão escutando? É o tique-taque do relógio.

— O que é isso?

Os estrangeiros se levantaram das cadeiras, desconfiados.

— Não adianta atirar em mim. Aciono este botão no mesmo instante e todos vão virar pó, inclusive eu.

— Você não ama a vida?

— Escute bem. Eu sou o homem do anúncio "Vende-se vida". Não me confunda com outros espiões indecisos que andam por aí. A bomba-relógio está programada para explodir em oito minutos. Entretanto, se eu apertar o botão, ela explode na hora. E uma sala como esta vai facilmente pelos ares.

Todos recuaram um pouco, na ponta dos pés.

— Querem ver?

Hanio extraiu do bolso e mostrou a pequena caixa preta ominosa. Era uma aposta. A caixa continuava a soar fielmente o seu tique-taque.

— Espera! Você não ama a vida?

— O que você quer dizer? Vou ser torturado e morto de qualquer maneira. Então para mim tanto faz!

— Não… não, espera um pouco. Tenho jeito de salvar a sua vida.

— Que jeito? Diga logo. Só restam sete minutos.

— Você fica sendo nosso companheiro. A gente combina a recompensa, estou pensando em valor alto. Vou conseguir para você posição, mordomia, mulheres e muitas outras coisas. Basta guardar nosso segredo, senhor Hanio!

— Não me trate com tanta intimidade. Não quero entrar para essa sociedade suja de vocês. Sou amoral, não me importa o que vocês fazem. Podem matar, contrabandear ouro, drogas ou revólveres, não tenho nada a ver com isso. Só quero destruir essa superstição que faz vocês acreditarem que todo homem pertence a uma sociedade, basta olhar para um deles. Nem todos são assim, isso vocês reconhecem, é claro. Mas é preciso que saibam também que existem homens que, além de não pertencerem a nenhuma sociedade, desprezam a vida. São uma minoria, quem sabe. Mas existem.

Não tenho amor algum à vida. Minha vida está à venda. O que quer que aconteça com ela, não me importo. Apenas me dá raiva ser forçado a morrer sem nenhum motivo. Por isso vou me matar, só isso. Levo todos vocês comigo? Faltam cinco minutos.

— Espera! Eu compro a sua vida. Está bom?

— E se lhe disser que não vendo?

Hanio relanceou um rápido olhar para o velhinho e ergueu a caixa preta.

De fato, o velhinho reagiu com rapidez. Correu até a porta e a abriu.

— Fujam todos! É mais seguro deixar esse homem aqui sozinho! Vamos fugir antes de mais nada! Deixem esse homem se explodir sozinho, que importa?! Vamos fugir já!

— Restam quatro minutos! — disse Hanio, e voltou a se sentar com toda a calma, deixando a caixa preta em cima da mesa. Mantinha cuidadosamente uma das mãos sobre ela.

— Não vou apertar o botão assim que saírem. Vou aguardar os quatro minutos restantes e deixar a bomba-relógio acabar com a minha vida. Enquanto isso, quero ficar sozinho, recordando a minha vida. Vão se machucar se não fugirem para o mais longe que puderem. Não sei quanto poderão correr em três ou quatro minutos.

Alguém escorregou e quase foi ao chão. Foi o sinal para fugirem em grupo pela porta aberta pelo velhinho.

Hanio acompanhou-os com o olhar e depois, erguendo-se com toda a calma, fechou aquela porta e dirigiu-se à porta oposta. Verificou que não estava trancada e abriu uma pequena fresta, o suficiente para deslizar para fora. Galgou a escadaria feito um desesperado, tanto quanto as pernas lhe permitiam.

55

Não seriam tão ostensivos a ponto de disparar a esmo às suas costas, tinha certeza.

Hanio cruzou o arvoredo, apoiou o pé no muro e o transpôs de uma vez. Afobado, desceu escorregando pelo barranco que havia abaixo dele.

Naquele momento, viu pelo canto dos olhos a imagem de luzes agrupadas. Já escurecia, e a cidade se achava logo abaixo do barranco. Afinal, a casa não ficava isolada no meio da montanha.

Correndo e com o corpo cheio de ferimentos, Hanio gritou:

— Socorro! Onde é o posto da polícia?

Corria e tropeçava com as mãos amarradas. Os transeuntes se desviavam para não serem atropelados, mas permaneciam frios. Até que uma voz lhe indicou:

— Dobre aí à direita para o posto!

Hanio desabou no chão do posto policial, incapaz de articular uma palavra. Um guarda de meia-idade, assustado, perguntou pachorrento:

— De onde você veio? Opa, está amarrado! Está ferido!

— Onde... onde estamos?

— Em Ome — respondeu o guarda sem interromper o que fazia.

— Água... quero água!

— Água? Está bem, aguarde um momentinho.

O policial ainda trabalhava com as mãos, manuseando o registro. Finalmente, descansou a caneta velha, fechou a tampa com todo o capricho e, lançando um rápido olhar para Hanio, levantou-se para ir buscar água. Pelo jeito não pretendia desamarrá-lo.

Erguendo com ambas as mãos o copo de água no qual a luz da lâmpada se refletia, Hanio o esvaziou de uma vez. Com certeza não haveria no mundo copo mais sujo do que aquele.

O guarda olhava as mãos amarradas de Hanio. Parecia querer observá-lo melhor antes de libertá-lo, pois não sabia o que ele poderia aprontar. Ainda restava discernimento suficiente em Hanio para deixar de pedir ao guarda que o livrasse das amarras. Denunciaria depois ao inspetor, com calma, a negligência do guarda.

Mas tão logo pensou nisso, o guarda se pôs a desatar ostensivamente as suas mãos, e Hanio percebeu que fizera mau juízo dele.

— O que aconteceu? — perguntou em tom de quem repreende um filho que voltou tarde.

— Tentaram me assassinar.

— Hum, tentaram assassinar, tentaram assassinar…

O guarda retirou preguiçosamente a tampa da caneta outra vez e, extraindo um formulário da gaveta, começou a preenchê-lo com espantosa lentidão.

Não parecia nem um pouco assustado com as respostas de Hanio às perguntas que lhe fazia. Aborrecido, Hanio só sossegou quando o guarda apanhou o telefone para comunicar seu relatório à Delegacia Central. Sua canela, que ferira ao escorregar pelo barranco, começava a doer terrivelmente. Ao enfiar a mão no bolso, verificou que estava encharcado de sangue já coagulado, feito laca.

Tardaram a vir buscá-lo na Delegacia Central. Enquanto esperavam, o guarda lhe ofereceu chá e cigarro, e principiou a falar do filho, sem dar a mínima atenção ao que Hanio tentava lhe dizer.

— Meu filho estuda na Universidade N. Não faz parte do Zengakuren, e isso me alegra. Mas todas as noites, em vez de estudar, ele chama os amigos para jogar *mahjong*. Isso me aborrece. A minha mulher até lhe diz: "Se é para ficar vagabundeando, por que não põe um capacete na cabeça e sai por aí agitando um pedaço de pau?" Aí ele responde, ameaçando de cara lavada: "Oh, é isso que você quer? Se a mamãe deixa, eu começo amanhã mesmo!" Então ela se cala. Esse meu filho sabe dar a volta por cima. Mas, seja lá como for, só em pensar que consegui botar um filho na universidade já fico aliviado. Cumpri meu dever de pai.

Nisso, o farol vacilante de uma bicicleta se aproximou lentamente. Um guarda jovem viera buscar Hanio.

— É este aqui. — O guarda do posto o apresentou com poucas palavras.

— Está bem, vou levá-lo — respondeu o guarda jovem sem nenhuma delicadeza.

O guarda empurrava a bicicleta sem cuidar de Hanio, que se viu obrigado a vigiar ele próprio as redondezas ao passar pela rua comercial no meio da noite. As vozes do Group Sounds soavam barulhentas numa loja de discos. Hanio arrastava os pés, lutando contra a vertigem que lhe acometia de tempo em tempo.

Ao chegar à delegacia, um investigador quarentão vestindo um terno mal talhado veio recebê-lo com um cumprimento excêntrico:

— Olá, seja bem-vindo! — disse ele. — Vamos fazer o registro da ocorrência, só para constar. Por favor, venha comigo.

Pelo visto acabara de comer, pois não parava de cutucar os dentes com um palito. Hanio pensara no jantar, mas não sentia fome.

— Então vamos lá... Bem, esteja à vontade. Comecemos pelo nome e endereço.

— Pois é, não tenho endereço.

— Ué...

O investigador lançou um olhar desconfiado a Hanio. Aos poucos, começava a mudar de atitude.

— E estava com as mãos amarradas?

— Sim.

— Se bem que, se quiser, é possível amarrar as próprias mãos, usando os dentes.

— Não brinque! Eu estava prestes a ser assassinado, ainda há pouco!

— Ah, isso é grave! Você disse que desceu correndo em direção à cidade, mas desceu de onde?

— De uma mansão, em cima do barranco.

— Aquela área... Quer dizer, você está falando do barranco ao norte da cidade?

— Não sei dizer se é norte ou sul.

— Naquela área fica a mansão do presidente da Indústria K, entre outras, e é uma zona residencial nobre. Sabe dizer qual residência?

— Não estou certo, não tive oportunidade de ver a placa de identificação.

— Bem, deixemos essa pergunta para depois. Conte agora o que aconteceu, em linhas gerais.

Seguiu-se um longo jogo de paciência.

Sempre que Hanio começava a falar rápido, dominado pela emoção, o investigador erguia a mão para pedir calma.

— ACS? O que é isso?
— Asia Confidential Service.
— Asia Con-fi-den-tial Service, certo? E o que é isso? Alguma empresa de venda de gasolina, ou algo assim?
— É uma organização de assassinos e contrabandistas.
Um sorriso irônico aflorou nos lábios do inspetor.
— E que provas você tem para afirmar isso?
— Eu vi com estes meus olhos.
— Testemunhou um assassinato?
— Bem, não.
— E como sabe, se não viu?
— Você se lembra do assassinato de Ruriko Kishi, cujo corpo foi descoberto boiando no rio Sumida? Ela era minha namorada.
— Ruriko, Kishi, certo? Como se escreve Kishi?
— Kishi, como o primeiro-ministro Kishi.
— Kishi, como o primeiro-ministro Kishi, certo? Ela era atraente, com certeza. O corpo se apresentava nu?
— Provavelmente sim.
— Quer dizer, você também não o viu.
— Eu a vi nua uma vez, sim.
— Isto é, mantiveram relações.
— Mas isso não importa! Ela foi assassinada pelo ACS!
— Olhe aqui. — O investigador se voltou de repente para Hanio e disse em tom sério e profissional: — Você diz ACS, ACS, mas como vai provar que isso existe de fato? Não estou elaborando este relatório por passatempo. Você se mete a falar desse ACS, nome que nunca ouvi, só para dar veracidade ao que diz. Mas o meu sexto sentido aqui, de longos anos de serviço, logo vê que se trata de fantasia. Polícia não é lugar aonde qualquer um vem contar suas fantasias. Quem sabe você

andou lendo demais aquelas histórias doidas, de investigação policial... mas se insistir, pode ser acusado de obstrução à atividade pública.

— Diga o que quiser. O que consegue entender uma polícia caipira como essa. Me leve logo ao Departamento. Quero ser ouvido por policiais de verdade.

— Oh, mil perdões por ser um policial inferior! Mas saiba que muitas vezes o instinto dos inferiores funciona melhor do que o dos figurões. Polícia caipira? Ora, veja só quem fala, você nem tem endereço fixo!

— Os que não têm endereço são todos suspeitos?

— Está na cara que sim.

O investigador abrandou a voz, talvez por achar que fora rude demais.

— Homens corretos possuem um lar e sustentam com afinco mulher e filhos. Solteiros na sua idade, e sem endereço fixo, não merecem crédito da sociedade, você não entende isso?

— Quer dizer que todos os homens devem ter endereço, lar, mulher e filhos, e profissão?

— Não sou eu quem diz, é a sociedade.

— E o que são os que não são assim? Lixo humano?

— Sim, devem ser lixo. Imaginam fantasias estranhas, correm para a delegacia de polícia e se fazem de vítima. São muitos, se pensa que é só você, está muito enganado.

— Oh, é assim? Então me trate como um perfeito criminoso. Eu praticava comércio imoral. Eu estava vendendo a minha vida.

— A sua vida, é mesmo? Belo trabalho, não? Se quer vender a sua vida, isso é com você. A legislação penal não proíbe. Criminoso é aquele que compra a sua vida para finalidades perniciosas. Não quem vende a vida. Esse é apenas lixo humano. Só isso.

Algo gelado passou pelo fundo da alma de Hanio. Ele tinha de mudar de atitude, e apelar a todo custo ao investigador.

— Por favor, me tranque numa cela quantos dias quiser. Me ponha sob custódia! Estão querendo me matar, de verdade! Se me soltar, serei morto, com toda a certeza! Por favor, me ouça!

— Impossível. A polícia não é hotel. Esqueça essa ilusão idiota de ACS.

O investigador sorveu o chá frio e calou-se, virando o rosto.

Hanio chegou a suplicar em voz lacrimosa, mas a polícia o rejeitou sem nenhuma consideração. Por fim, ele foi expulso da delegacia.

Estava sozinho. O céu se cobria maravilhosamente de estrelas. Do outro lado da delegacia, as lantejoulas iluminadas dos barzinhos à espera dos frequentadores policiais balançavam no fundo escuro da travessa. A noite aderia ao peito de Hanio. A noite se colava ao rosto de Hanio, como se quisesse asfixiá-lo.

Sem poder descer os dois ou três degraus de entrada da delegacia, Hanio sentou-se ali mesmo. Extraiu do bolso um cigarro torto e o acendeu. Soluçava no fundo da garganta, tinha vontade de chorar. Olhou para as estrelas. Estavam borradas. Eram uma só.

ESTE LIVRO FOI COMPOSTO EM ADOBE GARAMOND CORPO 12 POR 15 E IMPRESSO SOBRE PAPEL AVENA 80 g/m² NAS OFICINAS DA RETTEC ARTES GRÁFICAS E EDITORA, SÃO PAULO — SP, EM FEVEREIRO DE 2024